collection noir méditerranée

le polar selon la Maison d'édition Baie Des Anges

www.baiedesanges-editions.com

BAIE DES ANGES
MAISON D'EDITION - COTE D'AZUR

PolaR collection noir méditerranée

Morte-saison sur la Jetée-Promenade

Une enquête du commissaire Jean Levigan
(Tempus Fugit, opus 1)

Carine Marret

baie des anges

À mes grands-parents,
Claude et Nicole Pégout

Chapitre 1

Le commissaire Jean Levigan regardait les aiguilles de sa montre avancer lentement. La trotteuse marquait chaque seconde, pressée, besogneuse, tel un insecte à l'ouvrage. Les minutes s'égrenaient plus discrètement, plus sournoisement aussi, telles des gouttes d'eau qui, l'air de rien, se transforment en inondation. Et les heures s'étiraient en un mouvement languissant, certaines de leur pouvoir, majestueuses, comme un monarque en des temps parallèles où la révolution ne saurait ni advenir, ni se préparer, ni même se concevoir dans les esprits les plus querelleurs. La date indiquait le chiffre 7, représentant bien autre chose qu'un repère sur le calendrier. Elle semblait crier : « Une semaine, et toujours rien ! Une semaine que Laura est partie ! Une semaine que Laura a disparu ! ».

Le 31 janvier, il était rentré chez lui et Laura ne l'attendait plus. Il avait ouvert puis refermé la porte derrière lui et découvert l'appartement plongé dans l'obscurité. Il avait allumé la lumière, traversé les pièces, essayé de lui téléphoner. Messagerie ! Il s'était assis sur le canapé et avait jeté un coup d'œil à sa montre, dernier cadeau d'anniversaire de Laura, et noté sur son carnet : « 31/01, 20h15 ». Déformation professionnelle.

Il leva les yeux du cadran et regarda par la fenêtre, cadre gris et écaillé caractéristique de nombreux bâtiments administratifs. Le soleil brillait et personne ne se doutait de ce drame qui l'anéantissait. Les gens se pressaient dans la rue, certains même souriaient. Tout le monde se moquait bien de son désarroi et de sa montre, des images qui le hantaient la nuit et des interrogations qui le rongeaient le jour.

Il passait peu de temps « à la boutique » en général. Il ne s'y rendait que lorsque cela s'avérait absolument nécessaire et déléguait au maximum afin de pouvoir prendre l'air. Ce n'était pas spécialement par goût du terrain. C'était juste qu'il ne supportait pas d'être enfermé. Il avait besoin de sentir le vent du large.

Le téléphone sonna. Il détourna doucement le regard de la fenêtre et décrocha :

- Levigan à l'appareil !

- Commissaire, c'est Sandre. Un cadavre vient d'être retrouvé dans la mer à la hauteur du Ruhl. Nous sommes en train de sécuriser le périmètre. Mais ça fait désordre au milieu de la Promenade des Anglais !

- Bien ! Je vous tiens au courant.

Levigan raccrocha, enfila son caban et ses gants, noua son écharpe légère, sortit dans le couloir et se présenta au bureau voisin :

- Je viens de recevoir un appel du procureur. Un noyé au Ruhl ! Varenne, avec moi ! Lalande, vous prévenez Tinelli et vous nous rejoignez !

Le commissaire et le capitaine descendirent les escaliers silencieusement et se dirigèrent vers la voiture. Levigan avançait tranquillement. Sa longue silhouette d'un mètre quatre-vingt-douze se hâtait lentement, comme disaient ses coéquipiers. Très brun, très mince, très fin, en jean noir, chemise et caban, il se déplaçait à un rythme tout à fait particulier. Il marchait vite mais donnait l'impression de flâner. L'écharpe en coton léger bleu marine qu'il ne quittait pas le reliait au souffle du vent. Tout dans son allure évoquait le détachement alors qu'un feu intérieur ne cessait de le consumer. Firmin Varenne, les cheveux coupés très courts, paraissait petit et nerveux à côté de lui alors qu'il n'était ni l'un, ni l'autre. Sa personnalité mêlait la douceur et la volonté. Avec beaucoup de tact et de prévenance, il veillait à ce que le fil entre son supérieur et la réalité ne se coupât pas totalement.

Le commissaire laissa le volant au capitaine. Conduire l'empêchait de se concentrer.

- Avec la tempête des derniers jours, c'est peut-être un promeneur imprudent qui a été retrouvé, suggéra Varenne.

- Une tempête ? On voit que vous êtes du coin, Capitaine ! La mer était un peu démontée, tout au plus !

- Eh bien vous, on voit qu'on ne vous impressionne pas facilement ! Il y a quand même eu trois morts.

- Certes ! Certes ! souffla Levigan doucement.

Il pensa alors à Laura. Il avait l'impression qu'elle aussi avait été emportée par la mer.

- Le procureur est sur place ? demanda Varenne.

- Non, je crois qu'il attend de savoir si c'est sérieux.

Levigan était frappé par cette insouciance qui régnait sur la ville. Et toujours ce soleil qui n'en finissait pas de briller.

- Voilà, se dit-il. Laura a disparu. Un homme est mort. Et tout le monde s'en fout !

- Quand je pense qu'il y a quarante-huit heures, j'étais aux Caraïbes avec Clotilde, lança le capitaine, songeur.

- Et voilà ! Lui aussi s'en fout. Il pense à ses vacances ! murmura Levigan.

- Comment ?

- Non, rien, j'indiquais seulement que ce n'est pas la peine d'être nostalgique de tout ce que vous avez ici. Le ciel bleu, la mer, la plage.

- Ce n'est pas pareil.
- Non, ce n'est pas pareil. Ici, c'est mieux !

Varenne comprit que le commissaire filait un mauvais coton et n'insista pas. Levigan parlait peu, et très rarement de lui. Les phrases qu'il prononçait ressemblaient à des indices chiffrés dont on ne savait pas trop s'il désirait qu'on en trouvât la clef. Mais ces deux-là s'estimaient beaucoup. Ils travaillaient ensemble depuis des années. Varenne avait tout appris auprès de Levigan. Et il se plaisait à envisager que l'amitié qu'il éprouvait pour lui était réciproque. Mais comment savoir avec un pareil taiseux ?

Chapitre 2

Ils arrivèrent sur la Promenade des Anglais. Les palmiers se découpaient dans un ciel limpide et la mer scintillait de toute sa splendeur azurée. Un attroupement s'était formé à la hauteur du Méridien. La voiture s'arrêta. Levigan et Varenne sortirent du véhicule, passèrent sous le cordon de sécurité et descendirent vers la plage. Un homme ramassé, blond et impatient vint à leur rencontre :

- Salut, les gars !

Il tendit la main à Levigan qui ne la lui serra pas, la retira, un peu étonné, et leva la tête pour lui exposer les faits. Fronsac ne distinguait pas l'expression du commissaire car un rayon de soleil l'aveuglait.

- L'équipe de plongeurs qui effectue actuellement des fouilles pour retrouver des vestiges du Casino de la Jetée-Promenade a…

- Il n'a pas été entièrement démonté durant la Seconde Guerre mondiale ? l'interrompit Levigan.

- Je ne sais pas, on s'en fout !

- C'est bien ce que je disais, soupira le commissaire. Tout le monde se fout de tout.

- Oui, enfin bref, continua Fronsac un peu mal à l'aise, ce n'est pas la question.

- Si, quand même un peu ! insista Levigan.

Fronsac se décala d'un pas et mit sa main en visière au-dessus de ses yeux pour mieux voir le visage du commissaire :

- Donc, les plongeurs sont tombés sur un cadavre à vingt mètres au fond de la mer qui ne risquait pas de remonter à la surface parce qu'il était coincé dans un morceau de filet de pêche. Mais rien n'indique que c'est là qu'il s'est noyé. Il a pu dériver un bon moment avant d'être immobilisé à cet endroit.

- Où est le corps ? demanda Varenne.

- La brigade de gendarmerie maritime l'a récupéré.

Levigan s'éloigna pour poser quelques questions aux plongeurs et fit signe au capitaine de l'accompagner. Fronsac continua :

- Ils sont trois. Équipe réduite aujourd'hui.

- Merci, Fronsac ! répondit Levigan pour l'aviser qu'il n'avait plus besoin de lui.

Il sortit son carnet de moleskine noir et son petit crayon à papier.

- Bonjour ! Commissaire Levigan, se présenta-t-il en rejoignant le groupe. Vos noms, s'il vous plaît, professions, et cætera.

- Oscar Jouve. J'ai quarante-quatre ans et je dirige ces fouilles, commença le plus âgé sur un ton autoritaire.

- Je croyais que le Casino de la Jetée-Promenade avait été entièrement démonté durant la Seconde Guerre mondiale, reprit Levigan qui tenait son cap.

- C'est ce que nous pensions aussi. Mais dès les premières prospections, nous avions repéré des structures métalliques.

- Intéressant ! Elles avaient été fournies par une entreprise de Levallois Perret qui avait œuvré avant pour la Tour Eiffel, il me semble.

- Tout à fait.

- Et quelles pièces exactement avez-vous…

Varenne intervint. Il connaissait Levigan. Le commissaire était capable de discuter histoire pendant un bon bout de temps avant de poursuivre. De plus, étant né justement à Levallois (il n'ajoutait « Perret » que lorsqu'il s'adressait à des béotiens originaires d'ailleurs, histoire de ne pas créer une distance supplémentaire), il avait déjà dû pas mal étudier la question. Et pour l'instant, il s'agissait d'aller à l'essentiel.

- Et vous, mademoiselle ?

- Je m'appelle Aude Sidoine. J'ai trente-trois ans. Je fais partie de l'équipe depuis quatre ans.

Le capitaine s'adressa ensuite au dernier, qui se frottait nerveusement l'index de la main gauche avec son pouce droit :

- Monsieur ?

- Tanguy Ravel, vingt-six ans. Je travaille pour Asmazur depuis dix mois.

- Asmazur ?

- Oui, l'Institut d'archéologie sous-marine des Alpes-Maritimes.

- Depuis le début des recherches sur le Casino de la Jetée-Promenade ? tenta Levigan.

- Oui, exactement. J'ai été engagé exclusivement pour cette mission.

- C'est moi qui ai découvert le corps, déclara Aude Sidoine.

Le commissaire marqua une petite croix à côté de son nom sur son carnet.

- J'ai paniqué. J'ai fait signe à Tanguy et il a suivi. Nous sommes remontés à la surface le plus rapidement possible, tout en respectant les paliers de décompression. Nous sommes revenus à quai, au port, et nous avons appelé le CROSS.

- Le Centre Régional Opérationnel de Surveillance et de Sauvetage, précisa Tanguy Ravel.

- Vous n'avez pas essayé de déplacer le corps ?

- Non, objecta Oscar Jouve. J'ai demandé à Aude si elle était certaine de ce qu'elle avait vu. Mais la pauvre, elle était dans un état ! Alors, nous nous sommes dit qu'il valait mieux prévenir les autorités pour rien que d'agir seuls. Et Aude en a vu d'autres. Elle n'est pas du genre à s'affoler pour des broutilles. J'en ai déduit que c'était grave.

- C'est tout ?

- Oui, c'est tout.

- Bien. Nous vous remercions, conclut Varenne.

Les deux enquêteurs firent quelques pas, puis Levigan informa le capitaine qu'il se rendait au port.

- Je vous amène, Commissaire ?

- Non, je préfère marcher. À tout à l'heure.

- Comme vous voudrez. À tout à l'heure, Commissaire.

Levigan remonta les escaliers, s'engagea à droite sur la Promenade des Anglais, et longea le Jardin Albert Ier où l'ombre protégeait le kiosque à musique et où quelques mètres plus loin, du haut du Monument du Centenaire, la déesse ailée, Nikaïa la victorieuse, veillait sur la ville à laquelle elle avait donné son nom. Il continua sur le quai des États-Unis, puis sur le quai Rauba-Capèu, observant la mer qui se déchaînait sur les rochers. Quai Lunel, il arriva enfin à la hauteur de la vedette de la brigade de gendarmerie maritime.

Il connaissait bien le lieutenant qui dirigeait les huit militaires de l'équipe. Timothée Destrier l'accueillit avec un large sourire :

- Jean ! Une petite voix me disait que je te verrais débarquer aujourd'hui !

- Je suis content de te voir, Timothée. Vous revenez du Ruhl ?

- Affirmatif ! Nous bouclons à peine la première sortie.

Timothée Destrier était presque aussi grand que Levigan. Il se dégageait de sa personne une assurance distinguée. Ils avaient travaillé sur plusieurs affaires ensemble, et étaient devenus amis un soir de Noël, il y a longtemps déjà. Le lieutenant de gendarmerie maritime avait appris le suicide d'un de ses hommes. Et aussi irrationnel que cela puisse paraître, c'est Jean qu'il avait alors appelé. Pourtant, à cette époque, il ne l'avait croisé que quelques fois.

Une tente de fortune était installée sur « La Vésubie » afin de permettre au médecin légiste, les mains gantées de caoutchouc, d'établir ses premières constatations à l'abri des regards indiscrets. Levigan le salua. Il observa le corps, en état de décomposition avancée. Hippolyte Bellegarde aurait du fil à retordre ! Le commissaire l'entendit bientôt annoncer :

- Je le fais rapatrier à l'institut médico-légal pour l'autopsie et je vous prépare mon rapport.

Il ressortit de la vedette, échangea encore quelques mots avec Timothée, puis il retourna sur la plage du Ruhl, appréciant cette promenade en bord de mer dont le bruit des vagues berçait son esprit vagabond.

Pour une raison obscure que Levigan ne jugea pas nécessaire d'éclaircir, les lieutenants Colette Lalande et Quentin Tinelli venaient juste d'arriver. La première avait peine à avancer avec ses chaussures vernies et le second la soutenait comme il pouvait. La jeune femme d'à peine trente ans portait un tailleur classique et ses cheveux auburn étaient attachés. Rien dans sa démarche incertaine, ni dans son allure, ne laissait supposer qu'elle était en fait une grande sportive, plusieurs fois médaillée pour ses exploits au tir à l'arc, et plus récemment au tir au pistolet. Son collègue approchait le demi-siècle. Il entretenait son physique et soignait ses tenues vestimentaires pour paraître plus jeune mais le résultat n'était pas toujours à la hauteur de ses espérances.

Levigan leur présenta la situation en quelques mots et leur suggéra une petite enquête auprès des badauds. On ne sait jamais. Ils habitaient sans doute le coin. Et une telle découverte pouvait raviver certains détails auxquels ils n'avaient pas prêté attention jusque-là.

- Et cette histoire de Casino ? s'enquit alors Lalande avant que le commissaire ne s'échappât.

Elle habitait Nice depuis quelques mois seulement et le Casino de la Jetée-Promenade ne lui disait absolument rien. Le monument était si ancré dans la mémoire des habitants de la ville, si familier même pour ceux qui ne l'avaient jamais connu, que personne n'avait songé à ce qu'il en fût autrement pour quiconque. Elle aurait pu se renseigner auprès de Tinelli qui vivait dans la région depuis longtemps mais il fallait toujours qu'il en rajoutât, qu'il inventât un peu pour se faire remarquer.

- L'édifice a été construit sur une plate-forme montée sur pilotis à une hauteur d'environ deux mètres au-dessus de la mer à la fin du XIXème siècle, raconta Levigan. En face du Jardin Public, le dôme, coiffé d'une sirène et environné de tourelles, culminait à trente-cinq mètres. L'intérieur était fastueux, dans le style des salons du Titanic. En fait, c'était bien plus qu'un casino. Il y avait un restaurant, une salle de concert, un théâtre, et même un cercle nautique et de grandes terrasses. Tout a été détruit durant la Seconde Guerre mondiale.

- Bombardé ?

- Aussi. Mais il ne restait déjà plus grand-chose.

Levigan était fatigué de parler. Il regarda toute

cette agitation autour et décida de quitter les lieux. De toute façon, rien ne se passerait plus d'ici le lendemain et, dans le cas contraire, il serait prévenu.

Il abandonna la plage, traversa la Promenade et continua vers le Negresco. Il s'arrêta juste avant, au jardin Masséna, s'assit sur un banc tout en respirant l'air si doux pour la saison. Il pouvait s'agir d'un accident ou d'un suicide, mais aucune disparition récente n'avait été signalée. Alors un meurtre ? Il est vrai que peu de nageurs s'aventurent dans la mer à cette époque de l'année. Et sans ces fouilles, le corps serait demeuré prisonnier des eaux jusqu'au début de l'été. Emporté au loin par les courants, retrouvé des mois plus tard à l'autre bout de la Méditerranée, méconnaissable, il serait resté parfaitement muet.

Il faisait maintenant nuit et le vent commençait à souffler. Levigan se leva et reprit son chemin. Arrivé dans son appartement, il referma la porte derrière lui. Toujours pas de Laura. Il ouvrit la cage qui se trouvait dans un coin du salon, et ses deux petites rates sautèrent sur ses genoux. Tempus et Fugit étaient bicolores, la tête, le cou et une ligne sur le dos dans les teintes chocolat, et le reste du corps blanc. Elles ne dépassaient guère les cinq cents grammes à elles deux. Elles lui donnèrent un petit coup de langue sur la joue, leurs petites vibrisses lui caressant la peau, puis elles foncèrent vers le canapé où il s'installa bientôt.

Levigan regarda sa montre. Date : 7. Heure : 19. Minute : pas tout à fait 20. Et la trotteuse poursuivait sa course.

Chapitre 3

Levigan avait passé une mauvaise nuit. Son esprit se perdait dans des méandres brumeux et ni la douche presque froide qu'il avait prise au sortir du lit, ni le thé très fort qu'il s'était préparé ensuite ne suffirent à l'éveiller au monde. Il libéra Tempus et Fugit qui dormaient dans la cage, changea leur eau et remplit leur ramequin de nourriture. Elles entamaient une course poursuite sur le parquet tandis qu'il s'enferma dans la pièce qui lui servait désormais de bureau. Il y avait rapatrié, dès l'arrivée de ses rates un an auparavant, tout ce qui existait d'électrique dans une maison : l'ordinateur dont il se servait surtout pour le travail, le téléphone qu'il utilisait avec parcimonie, et la télévision qu'il ne regardait strictement jamais.

Il passa un coup de fil à Varenne qui lui indiqua qu'il rattrapait de la paperasse en retard en attendant de nouveaux développements sur l'affaire du noyé du Ruhl.

- Je vais aller interroger les plongeurs, l'informa Levigan.

- Vous pensez qu'ils vous en diront plus qu'hier ?

- Peut-être. Tenez-moi au courant dès que le légiste appellera.

Varenne comprit qu'il n'en saurait pas davantage. Les éléments de la veille sur l'histoire du Casino de la Jetée-Promenade avaient dû laisser le commissaire sur sa faim. En effet, à peine avait-il raccroché que Levigan consulta son encyclopédie.

Le 4 avril 1883, soit quelques jours avant son inauguration, l'immense vaisseau construit sur la mer et destiné à accueillir tout le Nice mondain, princier et aristocratique, est ravagé par un incendie. L'édifice est reconstruit et ouvre ses portes le 10 janvier 1891. Il servira de centre de convalescence pour les blessés durant la Première Guerre mondiale, retrouvera ensuite son faste d'antan, puis fermera définitivement en 1942. L'armée allemande ordonne sa démolition en janvier 1944 afin de récupérer les mille tonnes de cuivre et les quatre mille tonnes de fer. Après le bombardement des Américains en mai, elle dynamitera les pilotis et ce qui reste des planchers. Fin de l'histoire.

Levigan referma l'épais volume. Voilà qui avait attisé sa curiosité. Il chercha le numéro d'Asmazur et prévint Oscar Jouve de son arrivée dans la matinée. Il consulta trois autres ouvrages sur l'histoire de Nice, effectua ensuite quelques recherches sur internet tout en notant les éléments les plus pertinents sur son carnet de moleskine. Il retourna au salon, appela Tempus et Fugit qui grignotaient la tranche d'un magazine scientifique laissé sur la table basse, les replaça dans la cage, prit son caban sous le bras, mit ses gants dans une poche, enroula son écharpe autour du cou, et sortit.

Les bureaux d'Asmazur étaient situés au bas du boulevard de Cimiez. Il calcula qu'il en avait environ pour trois quarts d'heure à pied. L'air un peu vif et la lumière du soleil achèveraient peut-être de le réveiller tout à fait. Boulevard Gambetta, il tourna sur Victor Hugo. Il avançait tranquillement, entre les rangées d'arbres et les grands immeubles à la splendide architecture. Son allure élégante de promeneur solitaire lui donnait des airs de Patrick Modiano au temps de son prix Goncourt. Cette même démarche, cette même densité dans le regard, cette même discrétion.

L'avenue Jean Médecin commençait à s'animer. Il pensait souvent en la traversant qu'elle avait été baptisée avenue de la Victoire à la fin de la guerre 14-18. Et c'est cette appellation qu'il avait toujours entendue étant petit, alors que les plaques avaient pourtant été changées depuis longtemps. Elle subsistait comme le nom d'une jeune fille que l'on a connue avant son mariage et que l'on ne peut se résoudre à désigner par celui de son mari.

Levigan continua son chemin le long de Victor Hugo qui se prolongeait en Dubouchage, toujours calme et ombragé. Et, perdu dans ses pensées, il se rendit bientôt compte qu'il avait atteint le tout début du boulevard de Cimiez. Il vérifia le numéro sur son carnet de moleskine, poussa le portail et monta les trois étages. Une plaque indiquait l'entrée des locaux de l'institut. Il sonna.

Oscar Jouve lui ouvrit presque aussitôt et l'invita à le suivre dans son bureau. Il avait meilleure mine que la veille. Il avait rasé sa barbe de trois jours, et une chemise qu'il portait en dehors du pantalon avait remplacé son vieux sweat-shirt. Ils s'assirent en silence. Levigan cherchait la fenêtre. C'était un réflexe dès qu'il s'aventurait dans un lieu inconnu. Une manière de garder un lien avec le jour et la lumière. La vue donnait sur un jardinet à l'abandon.

- J'aimerais en savoir un peu plus sur les fouilles, commença-t-il.

- Je ne peux rien vous dire, rétorqua Oscar Jouve.

- Vous allez quand même faire un petit effort.

- Nous avons démarré les prospections au début du printemps dernier, soit il y a presque un an. Nous bataillons depuis longtemps pour obtenir des subventions, mais ce n'est pas facile d'être entendu. Alors, les choses traînent. De plus, après les premières plongées, et malgré la bonne volonté de quelques bénévoles, la saison estivale a freiné nos recherches. C'est une période de l'année où la mer appartient aux baigneurs.

- Les recherches ont repris en octobre ?

- Oui, exactement. Et là, nous avons trouvé des morceaux de vaisselle avec, dessus, l'aigle de Nice et l'inscription « Grand Cercle du Casino ».

- Cela signifierait que si le cuivre et le fer, pour leur part, ont été récupérés par les Allemands, de nombreux restes reposeraient au fond des eaux ?

- Sans doute. Mais pour l'instant, nous sommes bloqués. Vos équipes ont réquisitionné la zone.

- Cette zone n'est pas votre propriété ! Et rassurez-vous, cela ne sera pas long, juste le temps de trouver des indices ou de constater qu'il n'y a rien qui puisse nous orienter dans l'enquête.

Le commissaire fixa le plongeur, puis déclara posément :

- Bon, c'est bien joli tout ça ! Mais je ne me suis pas déplacé pour entendre ce qui est déjà paru dans les journaux.

De mauvaise grâce, Oscar Jouve ouvrit alors un tiroir, sortit un dossier écru et le tendit à Levigan :

- Vous y trouverez des copies de photos, ainsi que les comptes-rendus. Vous croyez que ce meurtre a quelque chose à voir avec mes fouilles ?

- Pour l'instant, nous ignorons s'il s'agit d'un meurtre. Pourquoi ? Vous pensez que quelqu'un chercherait à vous empêcher de poursuivre vos recherches ?

- Je ne sais pas. Mais nous ne sommes pas aidés. Peut-être s'agit-il tout simplement d'une grande indifférence pour notre histoire, mais peut-être aussi…

- De là à tuer un homme, il faut être salement motivé ! D'autant que j'imagine que les objets que vous pourriez éventuellement découvrir n'ont pas une grande valeur.

- Pas à ma connaissance, en effet.

- Comment va Aude Sidoine ? enchaîna le commissaire qui se refusait à entrer dans le jeu des hypothèses avec son interlocuteur.

- Elle se repose. Si vous devez l'interroger, je peux lui demander de passer. Elle habite à côté.

- Non, ce ne sera pas nécessaire. En tout cas, pas pour le moment. Vous la connaissez bien ?

- Comme ça. Nous nous voyons peu finalement, lors de réunions pour organiser les prospections, lors des séances de plongée, et lorsque nous répertorions les objets. Le reste du temps, elle travaille pour une revue d'archéologie.

- Et le Casino de la Jetée-Promenade ?

- Elle s'y intéresse parce que tout l'intéresse en général. Cependant, elle n'a pas fait montre d'un enthousiasme débordant quand l'idée a germé. Mais vous savez, c'est normal, il y a toujours des époques qui nous plaisent plus que d'autres. En tout cas, c'est une fille sérieuse.

- Et Tanguy Ravel ?

- Tanguy est un chic type. Je l'avais connu à l'école de plongée où je donnais des cours il y a sept ou huit ans. C'était un élève plutôt doué mais il avait la bougeotte. Il voulait voyager. Je l'ai complètement perdu de vue. Et il y a un an, il m'a contacté. Il cherchait du boulot. Je n'avais rien à lui proposer de fixe, d'autant qu'il n'a aucune formation en archéologie, et même aucune formation en rien d'ailleurs, mais je lui ai proposé de se greffer au projet. Ce n'est pas bien payé, mais ça lui offre un petit coussin de sécurité.

- Et où a-t-il vécu durant ces dernières années ?

- Aucune idée ! J'ai bien senti qu'il n'avait pas trop envie d'en parler. Alors, je n'ai pas insisté.

- Et vous, pourquoi le Casino de la Jetée-Promenade ? Il y a foule d'autres vestiges de toutes les époques dans le coin.

- C'est un hasard car je suis plutôt spécialiste de l'Antiquité. En sondant la mer pour établir une cartographie de la Baie des Anges, nous avons découvert qu'il y avait peut-être quelque chose à récupérer. Ensuite, après m'être renseigné, l'histoire de cet édifice m'a finalement séduit.

Levigan sourit. À ce moment-là, il se rappela avoir acheté autour du Cours Saleya, alors qu'il était adolescent et en vacances à Nice, une carte postale ancienne du Casino de la Jetée-Promenade. Où avait-elle bien pu passer ? Peut-être était-elle restée dans un vieil album de photos ? Ou alors elle lui avait servi de marque-page et était demeurée cachée à la fin d'un livre ? S'il fallait qu'il passât en revue toute sa bibliothèque, il n'avait pas fini ! Et dans le fond, ce n'était pas vraiment utile. Mais quand même, il aurait bien aimé la retrouver. Il se demandait si une inscription, un mot d'amour, une adresse y figuraient.

- Tout va bien, Commissaire ? s'enquit Oscar Jouve après plusieurs minutes de silence.

- Oui, je vous prie de m'excuser. Je ne vais pas vous déranger plus longtemps.

Levigan saisit le dossier écru, se leva, et n'ajouta plus un mot. Il était déjà loin, loin de ce bureau et loin du directeur des fouilles qui l'accompagna jusqu'à la porte en lui indiquant qu'il restait à sa disposition. Dehors, il respira l'air frais et décida, puisqu'il était tout près, d'aller faire un tour au Musée Chagall. Il garda son écharpe mais il donna son caban, ses gants et le dossier à l'entrée, ainsi que son téléphone portable, avec une pointe de regret et de culpabilité. Il se rassura rapidement en se disant qu'il était encore trop tôt pour espérer le rapport du légiste. Il arpenta les salles qu'il connaissait par cœur, puis s'installa dans l'auditorium où la lumière filtrait, sublimée par les admirables vitraux. Et toujours cette même question : « Où avait bien pu passer la carte postale du Casino de la Jetée-Promenade ? »

En sortant, il constata que Varenne avait tenté de le joindre. Il le rappela immédiatement.

- Toujours à Cimiez, Commissaire ?

- Je redescends vers la Promenade des Anglais. Des nouvelles ?

- J'ai épluché le fichier des disparitions. Rien !

- Je m'en doutais.

- Vous comptez passer à la boutique aujourd'hui ?

- Oui, je serai là dans d'après-midi.

- Et alors, Oscar Jouve ?

- Trop décontracté pour être honnête ! Dites-moi, pourriez-vous, s'il vous plaît, me trouver deux trois renseignements sur Tanguy Ravel, le troisième plongeur ? Il y a un trou de plusieurs années dans son emploi du temps.

- D'accord, je m'en occupe.

- Merci, Capitaine.

Levigan se dirigea vers la mer. Autour de la plage du Ruhl, les cordons de sécurité étaient toujours installés. Du haut de l'escalier, il fut étonné d'apercevoir Fronsac qui semblait faire office de gardien des lieux.

Le lieutenant devait avoir envie d'être dans la lumière aux yeux des passants car les plongeurs de la gendarmerie maritime ne pouvaient lui transmettre aucune information en cet endroit. La Vésubie retournait au port après chaque investigation sous-marine. Et c'est d'ailleurs là que la vedette devait se trouver en ce moment car elle n'était pas sur l'eau. Le commissaire fit alors demi-tour et se rendit Quai Lunel.

Timothée Destrier lui confirma que le corps avait été transporté à l'institut médico-légal. La brigade continuait cependant les expéditions à la recherche d'indices.

- Je n'ai pas encore déjeuné. Tu as le temps de manger un morceau ? proposa-t-il.

- Oui, avec plaisir !

- Allez, viens, ne tardons pas ! J'ai une petite demi-heure devant moi !

Ils choisirent une terrasse et commandèrent deux pizzas et une bouteille de vin rouge italien. Pour l'instant, expliquait Timothée Destrier, ils n'avaient rien découvert sur place. Il ajouta qu'ils poursuivraient les investigations par acquit de conscience mais, qu'en l'état actuel des choses, il doutait fort de trouver un élément susceptible d'aider le commissaire dans son enquête.

Chapitre 4

En arrivant à la boutique, Levigan s'installa dans son bureau et regarda sa montre. Date : 8. Heure : 15. Minute : 50 passée. À travers la fenêtre, il vit les gens s'affairer, continuer leur chemin. Et continuer à se moquer de tout. Se moquer des morts, se moquer des vivants, et même des disparues. Et le pire, c'est que le soleil leur donnait raison, le traître ! Drôle de pays !

Varenne frappa à sa porte et entra.

- Bonjour, Commissaire.

- Selon vous, le ciel bleu est-il incompatible avec le chagrin, Capitaine ?

- Heu, c'est-à-dire ? balbutia-t-il.

- Non, rien. Équation sans solution. Vous avez mon topo sur Tanguy Ravel ?

- Eh bien, c'est-à-dire, en fait, non ! Panne informatique depuis ce matin !

- Ah ! ponctua Levigan sur un ton résigné.

Il tourna la tête vers la fenêtre tandis que Varenne s'asseyait.

- Dites-moi, j'ai fait un détour par la bibliothèque en revenant du port et je n'ai rien trouvé sur le Casino de la Jetée-Promenade, enfin rien de vraiment conséquent à part un titre qui était déjà emprunté.

- Vous pensez vraiment que c'est central dans notre enquête ?

Levigan sourit :

- Ne négliger aucun détail ! Et surtout, ne jamais perdre une occasion de s'instruire ! murmura-t-il, rêveur.

- Vous souhaiteriez donc que je passe aux Archives ? proposa le capitaine, à la fois ennuyé et amusé.

- Je n'osais pas vous le demander, répondit Levigan, espiègle.

- Mais c'est que je dois aller chercher les enfants à l'école à 16 heures 30.

- Rien ne presse. De toute façon, puisque l'informatique est en panne, je ferai les recherches nécessaires de chez moi ce soir.

- Très bien, je ne vais pas tarder alors, avança Varenne d'un air timide.

- Oui, allez-y ! Envoyez-moi Lalande et Tinelli au passage !

- Merci. À demain, Commissaire.

Quelques minutes plus tard, les lieutenants présentaient à Levigan leur conclusion après l'enquête de la veille auprès des badauds. Lalande était toujours habillée de manière sobre, avec cette fois un haut blanc et une jupe droite grise, et Tinelli portait une chemise trop étroite pour lui et un jean bleu clair. Ils avaient récolté plus de questions que de réponses et n'avaient rien relevé de particulier.

- Et les propriétaires des plages alentour ? s'enquit Levigan.

- Elles sont fermées en cette saison, répliqua Tinelli. Il y a encore quelques jours, la mer déployait ses vagues jusqu'au mur.

- Nous avons cependant trouvé les coordonnées des personnes concernées et nous les avons tout de même interrogées, continua Lalande. Mais rien ! Certaines ne vivent même pas à Nice en hiver.

- Bon. Eh bien, attendons le rapport du légiste ! conclut le commissaire.

Le lendemain après-midi justement, Hippolyte Bellegarde l'appela et l'invita à passer le voir. Il avait presque quarante ans, comme Levigan, mais l'allure d'un étudiant avec ses cheveux châtain, mi-longs et ondulés, et les mèches de son front tombant sur des lunettes rondes finement cerclées d'écaille qui protégeaient ses grands yeux bleus. Levigan appréciait son professionnalisme et sa passion pour la poésie romantique, pour Edgar Allan Poe en particulier et pour la littérature en général.

Sur place, le médecin légiste lui avoua que l'autopsie ne lui avait pas permis d'identifier le corps. L'état de décomposition avancée brouillait les pistes.

- Enfin, j'ai tout notifié en détail dans le rapport, précisa Bellegarde en lui remettant le dossier.

- Il était immergé depuis combien de temps, selon vous ? interrogea le commissaire.

- Environ trois semaines.

- Mort par noyade ?

- Oui.

- Des signes distinctifs ?

- Rien d'exploitable.

- Des bijoux, une chaîne, une alliance ?

- Non, rien non plus de ce côté-là, mais une montre. Et il avait aussi dans la poche intérieure de sa veste un petit chien en cristal. Des empreintes sur le premier objet, mais l'individu n'est pas fiché. En revanche, rien sur le second, comme si elles avaient été effacées. C'est bizarre !

- À cause du séjour dans l'eau ?

- Impossible ! Nous avons transféré les éléments dans des bacs et pris garde qu'ils ne soient jamais exposés à l'air libre. Les prélèvements ont ensuite été effectués à l'abri de la lumière. Les traces éventuelles étaient donc inexistantes avant ! En revanche, vous allez voir, l'oreille est un peu abîmée.

- La victime portait-elle des gants ?

- Oui, ce qui n'est pas étonnant puisque nous sommes en hiver. Mais l'objet a bien été manipulé à un moment donné. Donc, s'il n'y a pas d'empreintes, c'est que quelqu'un a pris soin de les faire disparaître.

Bellegarde se dirigea vers une armoire au fond de la pièce, ouvrit un tiroir, en sortit deux sachets transparents et les présenta à Levigan. À travers le plastique, le commissaire regarda la figurine si petite qu'elle tenait dans la main, puis il observa la montre, subjugué :

- Une Breguet ! s'exclama-t-il, admiratif.

- Oui, c'est bien ce qui est écrit. Cela vous dit quelque chose ?

- C'est l'excellence en matière d'horlogerie ! Breguet a tout inventé, même le tourbillon, breveté en 1801.

- Le tourbillon ?

- C'est le mécanisme qui annule les écarts de marche dans les positions verticales, en compensant le déséquilibre du balancier et du spiral, expliqua Levigan tout en contemplant l'objet sous toutes ses coutures sans toutefois se risquer à le délivrer du sachet en plastique.

- Très ingénieux ! s'émerveilla Bellegarde.

- Et le numéro de série ? Vous avez noté le numéro de série ?

- Oui, avec le nom de la marque et une description rapide. Tout est consigné sur la fiche. Pourquoi ? Vous croyez que l'on tient quelque chose ?

Une lueur éclaira le regard de Levigan :

- Vous me laissez tout ça ? Où dois-je signer ?

Bellegarde réajusta ses lunettes sur son nez en plaçant son pouce et son index autour du verre droit, alluma l'écran de l'ordinateur, ouvrit le fichier et imprima le document.

- Ici, indiqua-t-il en lui tendant la feuille.

Il la rangea ensuite dans le dossier et vit partir le commissaire tout absorbé par sa nouvelle acquisition. Levigan tenait dans ses mains une montre Breguet ! Tant de virtuosité et d'élégance concentrées dans un minuscule boîtier.

Il se rendit ensuite avenue de Verdun où se trouvait un magasin détenteur de la marque. Il s'était arrêté de nombreuses fois devant la vitrine pour contempler les précieux garde-temps mais n'avait jamais osé entrer. Un vendeur au costume impeccable l'accueillit. Levigan n'avait pas préparé sa visite et se demandait comment présenter l'affaire. Afin de s'assurer de ne pas commettre d'impair, il se contenta d'évoquer l'horlogerie en général, Breguet en particulier, et lorsqu'il lui fut proposé d'essayer un modèle, il répondit que, dans un premier temps, il souhaitait plutôt en sélectionner quelques-uns sur catalogue, chez lui, tranquillement. Le vendeur s'absenta une minute et revint avec un livre à la couverture rigide et blanche, de format paysage. Il glissa sa carte à l'intérieur, le plaça dans un sac cartonné qu'il ferma à l'aide du ruban, et remit le tout au commissaire en lui souhaitant une bonne lecture.

Dès qu'il fut chez lui, Levigan ouvrit la porte de la cage. Tempus et Fugit sortirent et s'enroulèrent dans son écharpe. Elles descendirent ensuite sur le sol en passant par sa manche. Il alla poser le chien en cristal à l'oreille cassée, la montre Breguet et le catalogue sur la table de son bureau, puis revint dans le salon. Il repensa à la carte postale en noir et blanc du Casino de la Jetée-Promenade. Il avait dû l'acheter à l'âge de treize ou quatorze ans.

- Il y a donc presque vingt-cinq ans, souffla-t-il en se plaçant devant la bibliothèque qui contenait quelques-uns des livres de son adolescence. Tempus fugit !

Les deux petites rates crurent que leur maître les avait appelées et rappliquèrent aussitôt à ses pieds. Elles grimpèrent l'une après l'autre le long de son pantalon, de sa chemise, et s'installèrent sur son épaule. Levigan choisit quelques ouvrages, vérifia la date qu'il inscrivait en haut à droite sur la première page, puis lorsqu'elle semblait correspondre à la bonne époque, feuilletait le livre à la recherche de la carte postale. Tempus et Fugit observaient ses gestes trente fois répétés et apparemment vains dont elles ne saisissaient pas le but. Levigan commençait à se demander s'il n'avait pas rêvé, si ce vieux cliché avait vraiment existé.

Il jeta un coup d'œil à sa montre. Date : 9. Heure : 20. Minute : 21 tout juste. La trotteuse le certifiait. Il était temps de s'occuper de la Breguet. Il posa les petites rates sur le canapé et s'enferma dans son bureau. Il s'assit confortablement et alluma la lampe Tiffany qui diffusait la lumière à travers ses vitraux colorés. Il ouvrit alors le sachet en plastique et saisit le magnifique objet avec la plus grande délicatesse.

Levigan se délectait à la vue de ce trésor. Le cadran guilloché révélait une grâce aérienne. Les frêles aiguilles bleu marine, à l'instar du bracelet, ponctuées d'un petit cercle à l'élégance discrète, donnait au temps qui passait une insondable légèreté. Les chiffres romains dessinés avec finesse et sans courbes inutiles complétaient l'ensemble. La trotteuse, dont l'extrémité naissante présentait une fleur de lys stylisée, occupait un espace dédié à elle seule, jouxtant le V et le VI. Les cannelures striant le boîtier et ornant la couronne du remontoir créaient une exquise harmonie. Et derrière toute cette somptuosité, le commissaire percevait un travail d'orfèvre : un mouvement parfait qui quantifiait et rendait réelle l'abstraction la plus insaisissable. Le temps…

Levigan aimait les montres parce que leur fonctionnement s'apparentait à celui des hommes. Une partie visible pour tout un système de rouages complexes et cachés. Une mine affichée avec plus ou moins de sincérité et plus ou moins de conviction. Cependant, on ne savait jamais ce que les gens avaient vécu, on ne connaissait ni leurs aspirations les plus intimes, ni leurs blessures les plus profondes. Il suffisait alors d'un grain de poussière à peine perceptible à l'œil nu et l'ensemble de la machine se détraquait. C'était la panne. Le temps se figeait.

Et le commissaire devait alors comprendre ce qui avait poussé quelqu'un à l'irréparable. Un homme ou une femme était retrouvé sans vie. Et lorsque le contexte immédiat ne permettait pas de trancher, c'était toujours la même question. Meurtre ou suicide ? On penchait volontiers pour le premier lorsque rien ne semblait expliquer le second. Rien dans le passé récent. On retrouvait toujours un deuil, une trahison, une souffrance dans l'existence de la victime, mais qui n'en avait jamais vécu ? Le suicide survient rarement dans les heures ou les jours qui suivent un grand drame. L'homme a trop de force, l'homme a trop d'espoir.

Alors, même si le soleil n'aura plus jamais le même éclat, même si le mécanisme est un peu abîmé, même si les rouages exigent plus de courage qu'avant pour fonctionner, la vie reprend tout de même son cours et les choses leur place. Lentement, difficilement, mais sûrement. Puis un jour, parfois longtemps, très longtemps après, au grand drame succède un petit drame, un grain de poussière à peine perceptible à l'œil nu. Une infime déception, une parole malheureuse, une contrariété sans importance, qui vient confirmer que plus rien, jamais, ne sera comme avant, et que la croix est décidément trop lourde à porter. La lassitude extrême l'emporte. Et celui ou celle qui a tenu face à l'orage et résisté face au chaos sera alors anéanti par un nuage minuscule qui s'aventure à masquer le soleil déjà terni par d'inoubliables chagrins mais auquel on croyait encore malgré tout, par naïveté, par optimisme, ou par nécessité d'avancer coûte que coûte. Ce cumulus dérisoire, cet insignifiant amas de gouttelettes d'eau en suspension dans l'air, qui représente à peine un millième du ciel, ce nuage mineur et minime dévastera les brindilles renaissantes que l'orage avait épargnées et laissera place à une irrémédiable désolation.

Levigan se concentra à nouveau sur le cadran. Il nota le numéro de série puis chercha la signature secrète. Pour lutter contre les contrefaçons, s'ajoutait au nombre bien en évidence cette signature dont l'apparition datait de 1795 et qui ne se dévoilait que sous un certain angle de lumière. Il prit une loupe et s'approcha de la lampe. Et en effet…

Un bruit cristallin le tira de son étude minutieuse. Le commissaire se précipita dans le salon pour constater l'ampleur des dégâts. Tempus ou Fugit, comment savoir laquelle des deux, avait fait tomber un pot à crayons. Il hésita à imposer une punition collective mais se ravisa. Après avoir vérifié qu'aucune des rates n'était blessée et lu dans leur regard ce qu'il voulut reconnaître comme une demande de pardon, il alla chercher le catalogue dans le bureau et s'assit sur le canapé afin de passer le reste de la soirée auprès d'elles.

En feuilletant l'ouvrage, Levigan se souvint qu'il avait découvert Breguet en lisant *Le Comte de Monte-Cristo*. Il parcourut la courte biographie du célèbre horloger. Abraham Louis Breguet naît à Neuchâtel en 1747. Il passe la majeure partie de son existence à Paris et ses garde-temps conquièrent les grands de ce monde tels Louis XVI, Marie-Antoinette, ou la reine de Naples pour qui il crée la première montre-bracelet.

Il met d'abord au point le mouvement automatique perpétuel, le ressort-timbre pour les montres à répétition, puis le pare-chute, premier dispositif antichoc. Il profite ensuite de sa retraite en Suisse pendant la révolution pour réfléchir à de nouvelles inventions qui donneront le jour au spiral Breguet, à la première pendulette de voyage (vendue à Napoléon Bonaparte), à la « pendule sympathique », à la montre à tact, et bien sûr au tourbillon. Quand il meurt en 1823, il est horloger de la Marine Royale, membre de l'Académie des Sciences, et chevalier de la Légion d'honneur, distinction qui lui a été remise par le roi Louis XVIII.

Levigan tourna les pages à la recherche de la montre retrouvée sur le noyé, mais il ne pouvait s'empêcher de s'attarder sur chaque modèle, consultant les caractéristiques et les variantes disponibles. Tempus et Fugit déployaient tous leurs efforts pour attraper le signet bleu en soie tressée dont la couleur allait si bien avec son écharpe. Il commençait à avoir mal aux yeux. Minuit.

- Demain, il fera jour, se dit-il.

Il s'aperçut que, comme souvent, il avait oublié de dîner. Et comme le reste, le sommeil lui coupait l'appétit.

Chapitre 5

Date : 10. Heure : 7. Minute : presque 16. Levigan était plongé dans le catalogue depuis l'aube. Il se donnait encore un quart d'heure et il serait temps d'y aller. Il but son thé à petites gorgées. L'heure tournait. Il fit défiler les pages une dernière fois et à la seconde même où il referma l'ouvrage, son regard s'évanouissait sur une photo représentant des livres anciens. Il rouvrit le catalogue aussitôt, chercha fiévreusement la page, et lut deux fois les quelques lignes qui accompagnaient l'image pour s'assurer que tout était peut-être encore possible.

Il prépara ses affaires et fonça aussitôt à la boutique en espérant y trouver Varenne qui, en effet, venait d'arriver. Il lui expliqua très rapidement que Bellegarde avait fait de son mieux, et que si le meilleur légiste de la région n'était pas parvenu à ne serait-ce qu'une bribe d'un vague début d'identification, cela signifiait que celle-ci s'avérait définitivement impossible. Aucun recours de ce côté-là !

- Commissaire, faites-moi plaisir ! Asseyez-vous ! Ce ne serait pas la première fois. Il ne faut pas vous mettre dans des états pareils pour si peu.

- Mais je ne suis dans aucun état. Je suis seulement pressé. Je m'envole pour Paris dans l'heure.

- Pour Paris ? Là, maintenant ?

- Oui. Alors voilà, je vous laisse le rapport de Bellegarde. Vous n'apprendrez rien, mais il a une jolie plume. Vous passerez un bon moment. Et surtout, voici un double de mes clefs. Je serai de retour ce soir, mais si jamais je suis retardé à cause d'une grève, d'un attentat, que sais-je ?, soyez gentil d'aller nourrir Tempus et Fugit. Leurs croquettes sont rangées dans un sac en toile, dans la cuisine. Vous ne pouvez pas vous tromper.

- Mais vous êtes obligé de partir ? Vous ne pouvez pas convoquer ? Vous ne pouvez pas téléphoner ? questionna le capitaine, totalement abasourdi.

- Non, je déteste le téléphone, vous le savez bien. Merci, Varenne. Je vous tiens au courant.

Il laissa le capitaine là, immobile, interdit, avec le rapport du légiste dans une main et son trousseau de clefs dans l'autre, et s'enfuit vers la sortie. Il était déjà presque au bout du couloir lorsqu'il revint sur ses pas.

- Varenne, j'oubliais ! Surtout, vérifiez qu'elles aient bien à boire. Je leur ai triplé la ration d'eau, mais je ne veux pas leur faire risquer une déshydratation. C'est sérieux, la déshydratation !

Le capitaine resta sans bouger encore une minute, le temps de reprendre ses esprits, puis il se précipita en courant vers les escaliers. Il rattrapa Levigan qui avait déjà pris une bonne avance sur le chemin de la station d'autobus où il comptait prendre la navette.

- Attendez, Commissaire, je vous accompagne à l'aéroport !

Vingt minutes plus tard, il le déposait devant le terminal 2. Au moment de sortir de la voiture, Levigan ouvrit son carnet de moleskine :

- Au fait, j'avais effectué des recherches concernant les articles de presse sur le Casino de la Jetée-Promenade. Les documents se trouvent aux Archives départementales : *Le Petit Niçois*, 5 avril 1883 et 11 janvier 1891, et les jours suivant ces deux dates. Vous enregistrez ?

- C'est bon. C'est noté, Commissaire.

Varenne avait une mémoire phénoménale, surtout celle des chiffres. Il lui suffisait d'entendre une information une fois, de la répéter intérieurement en se concentrant, et elle restait gravée longtemps dans ses pensées. Levigan le remercia et s'éloigna. Dans le hall des départs, il demanda à un steward d'Air France à quelle heure décollait le prochain avion pour Paris.

- Roissy Charles de Gaulle ou Orly ?

- Roissy, décida Levigan sans hésiter.

Il pourrait ainsi prendre la navette jusqu'à Opéra et, de là, il marcherait vers la place Vendôme. Si le beau temps s'en mêlait, cela risquait même d'être très agréable.

- 10 heures 15, arrivée 11 heures 50.

- Il reste de la place ?

Le steward vérifia sur l'ordinateur :

- Oui. Côté hublot, côté couloir ?

- Hublot. Et à l'avant si possible.

- Je vous réserve aussi un billet sur un vol retour ?

Levigan n'était pas sûr. Avoir un horaire à respecter l'angoissait. Soit il aurait à attendre, soit il aurait à se dépêcher. En même temps, il pouvait aussi se retrouver coincé à Paris si les vols, au dernier moment, étaient complets. Ce matin, il avait de la chance, mais ce soir ?

- Oui, aujourd'hui. Autour de 19 heures, 19 heures 30.

- 20 heures 20, arrivée 21 heures 50 ?

- D'accord.

- Pas de bagages ?

- Non, rien du tout, répondit le commissaire en tendant sa carte bleue.

Le steward enregistra la transaction et lui remit un document qui ne ressemblait pas à un billet d'avion et un carton qui avait encore l'allure d'une carte d'embarquement. Levigan prit l'escalator et s'installa à l'étage pour boire une tasse de thé. Il commanda aussi un sandwich tomates - mozzarella. Cela réglait le problème des repas pour la journée. Il n'avait pas faim mais grignota quand même un peu car il commençait à avoir mal à la tête.

Assis dans un fauteuil dans le café du terminal, il regardait la piste. La dernière fois qu'il avait pris l'avion, c'était avec Laura. Pour quelques jours à Rome. Il se demanda quand elle lui manquait le plus. Lorsqu'il était heureux ? Mais sans elle, pouvait-il l'être vraiment ? Lorsqu'il était malheureux ? Il conclut que la question n'avait aucun sens, qu'il était vain de tenter d'évaluer pareilles choses. Laura lui manquait tout le temps, voilà la vérité.

Il saisit *Le Figaro* et *Nice-Matin* posés sur la table voisine. Le premier n'avait pas jugé opportun de rédiger le moindre entrefilet sur un noyé retrouvé dans la Méditerranée dont on ne savait d'ailleurs toujours pas s'il avait été assassiné. Le second avait fait sa une avec l'évènement le lendemain de la découverte du corps, mais l'affaire était désormais reléguée aux pages réservées à l'actualité locale : la sombre histoire du cadavre du Casino de la Jetée-Promenade restait drapée de mystère.

Quand l'avion décolla, Levigan contempla la mer dont le bleu si pur révélait des reflets composés d'étoiles argentées. Il vit la Promenade des Anglais s'éloigner peu à peu puis les collines disparaître tout à fait. Il quittait sa chère Côte d'Azur. Heureusement, le soleil avait décidé de l'accompagner dans son voyage.

L'Opéra Garnier resplendissait sous le ciel de Paris. Levigan éprouvait une impression bizarre à se retrouver dans la ville qu'il avait tant et tant sillonnée dans sa jeunesse. L'impression d'être à la fois chez lui et à la fois exilé dans un décor toujours identique mais sur lequel il peinait à retrouver les traits du passé. Les choses changent irrémédiablement. Avec vous, sans vous, peu leur importe. Et au bout du compte, on ne peut jamais revenir.

À la vue de la foule, mêlée de touristes et de gens pressés qui se bousculaient, il se sentait tel un insecte de retour parmi les siens, parmi les mêmes fleurs, les mêmes arbres, sur la même terre, mais dont l'aurait définitivement exclu une trop longue absence. Il emprunta la rue de la Paix où la fourmilière apparaissait plus dispersée.

Il arriva place Vendôme. Ce lieu magnifique n'avait pour lui rien à voir avec le luxe qui s'y déployait. Le quartier faisait partie de son univers depuis toujours. Un square de village avec une fontaine en son centre aurait eu le même effet sur lui. Mais c'est place Vendôme qu'il allait souvent chercher sa grand-mère à la sortie de son travail. Ils rentraient ensuite tous les deux par l'autobus numéro 94 à Levallois, où son grand-père avait un garage, le garage Stella, 56 rue Deguingand, et dans lequel, petit garçon, il aimait tant traîner des heures entières. L'odeur de l'essence évoquait en lui, encore aujourd'hui, le plus doux des parfums.

Il repéra la boutique Breguet. Il marcha tranquillement, le nez et l'écharpe au vent, ralentit le pas devant la façade où figurait une plaque indiquant la dernière demeure de Frédéric Chopin, et atteignit bientôt l'établissement. Une jeune femme ressemblant au lieutenant Lalande l'accueillit : jolie et réservée, même âge, même tenue classique, mêmes cheveux attachés. Il lui exposa brièvement le motif de sa visite. Le conservateur ne serait de retour que dans une demi-heure. Aussi, elle proposa de lui téléphoner pour hâter son arrivée.

- N'en faites rien ! Je vais patienter. Je pourrais en profiter pour faire quelques pas dans le musée, suggéra-t-il en souriant.

- Oh bien sûr, je vous accompagne.

La salle d'exposition était située au premier et n'était ouverte que le mardi ou sur rendez-vous. Le commissaire eut ainsi l'étage pour lui tout seul. Il observa avec attention les pièces présentées derrière les vitrines, les modèles anciens, les montres perpétuelles, les pendules de voyage, les chronomètres de marine, ainsi que les documents d'archives.

Il admirait un garde-temps avec phase de lune lorsque le conservateur apparut. Très avenant, Benjamin Rostand était vêtu d'un costume sombre et devait avoir une quarantaine d'années. Les deux hommes se saluèrent, échangèrent quelques mots sur l'art horloger, puis s'installèrent dans une pièce à l'écart.

Ils prirent place dans des fauteuils en velours situés de chaque coté du bureau, à la droite d'une haute fenêtre au cadre verni. Levigan sortit la Breguet de sa poche et la posa sur la table en bois sculpté :

- Nous avons retrouvé dans la mer Méditerranée un corps, qui n'est pas et ne sera jamais identifiable, avec cette montre au poignet. Et j'ai vu sur votre catalogue qu'il existait des registres, conservés ici, place Vendôme, où les propriétaires de garde-temps Breguet ont la possibilité de faire inscrire leur nom.

- Oui, nous tenons ces registres depuis la fin du XVIIIe siècle.

Benjamin Rostand observa l'objet de plus près :

- Modèle classique en or blanc dix-huit carats, mouvement automatique avec petite seconde.

Il consulta alors son ordinateur.

- Référence 5140 BB / 12 / 9W6.

Le commissaire consigna la suite de chiffres et de lettres sur son carnet de moleskine. Puis, après avoir pianoté à nouveau sur les touches de son clavier et entré le numéro de série, le conservateur annonça :

- La montre appartient à monsieur Robin Ségur, villa Château Azur, 50 bis boulevard de Cimiez à Nice. Elle a été acquise le 6 mars 2003, ici même, place Vendôme.

Levigan nota encore, referma son carnet en plaçant l'élastique noir autour, et remercia Benjamin Rostand. En sortant du musée Breguet, il reprit le même chemin dans l'autre sens. L'atmosphère feutrée du lieu l'avait tant imprégné qu'aucun son de la rue ne parvenait à l'atteindre. Il avançait dans une sorte de quiétude cotonneuse, absorbé par cette nouvelle découverte. Il disposait de plusieurs heures devant lui. Cela lui laissait le temps d'aller fleurir la tombe de ses grands-parents.

Après avoir traversé la place de l'Opéra, il emprunta la rue Halévy pour prendre l'autobus numéro 53. Le véhicule était stationné et attendait le signal de départ. Levigan sortit un ticket de son portefeuille et le composta. Même s'il n'habitait plus la capitale depuis presque vingt ans, il en gardait toujours quelques-uns sur lui. Il s'installa au fond, à une place dans le sens inverse de la marche. C'était ainsi qu'il considérait Paris désormais. Une ville où tout n'existait que par ce qu'il y avait vécu avant, une ville qui s'éloignait et s'évaporait derrière lui au fur et à mesure.

L'autobus démarra. Boulevard Haussmann, les trottoirs étaient noirs de monde devant les grands magasins. La rue de Rome longeait les lignes de chemin de fer, Pont Cardinet, la rue Jouffroy d'Abbans, changement de décor, un petit morceau du boulevard Malesherbes, la Porte d'Asnières, un carrefour entre parenthèses où les piétons se font plus rares, le pont au-dessus du périphérique. Et Levallois apparaît avec la rue Victor Hugo, la circulation est dense, à gauche la rue Aristide Briand, on s'approche, premier arrêt, deuxième arrêt : Marjolin.

Levigan descendit de l'autobus comme on descend d'un autocar qui a traversé un pays entier pour revenir sur sa terre natale. À droite se trouvait la rue Jules Ferry, piétonne depuis quelques années, à l'abri du temps et des rumeurs alentour avec sa végétation et le bâtiment de l'école qui occupait tout le côté ouest. Il hésita. Mais il n'eut finalement pas le courage de passer voir l'immeuble qui l'avait vu grandir. À gauche, la rue Marjolin. Il marcha ainsi jusqu'à la rue Pierre Brossolette, tourna en direction de la place Jean Zay, puis continua rue Raspail jusqu'au bout, jusqu'au cimetière. Il acheta un pot de marguerites au magasin qui faisait l'angle. Puis il passa le portail et avança sur l'allée centrale bordée d'arbres. Devant la tombe de ses grands-parents, il retira quelques pétales tombés, quelques pousses asséchées, et déposa ses fleurs. Il resta là un bon moment. Dans le silence absolu et sous le soleil qui pâlissait. Puis il repartit comme il était venu, se sentant simplement un peu plus seul au monde que d'habitude.

Chapitre 6

L'avion venait d'atterrir. Levigan plia la grille de mots croisés signée Michel Laclos qui l'avait occupé durant le voyage et la rangea dans son carnet de moleskine. Il sortit de l'appareil puis se hâta d'échapper à la lumière froide et artificielle qui éclairait le terminal. En attendant un taxi, il téléphona à Varenne :

- Alors, de bonnes nouvelles ? demanda le capitaine.

- Oui, je suis rentré ! Alors, à moins d'un accident de la route sur la Promenade des Anglais, je vous relève de votre mission. Je vais pouvoir m'occuper de Tempus et Fugit moi-même !

- Tant mieux, Commissaire, mais je voulais parler de votre entretien. Vous avez vu le conservateur du musée, vous avez obtenu des informations ?

- Oui, je vous raconterai tout cela demain à tête reposée. Mais j'ai comme l'impression que…

- Que…, Commissaire ? s'enquit le capitaine après quelques secondes de silence.

- J'ai un taxi. Je vous laisse.

Varenne arriva le premier à la boutique le lendemain, tant il était impatient d'en apprendre davantage. Mais Levigan ne daigna débarquer qu'en fin de matinée. Il était passé voir le Procureur de la République afin de le tenir au courant des derniers développements. Date : 11. Heure : 11. Minute : 11 aussi. Il eut à peine le temps d'enlever son caban que le capitaine était déjà assis dans son bureau pour entendre un compte-rendu circonstancié de son séjour parisien. Varenne n'eut droit qu'à l'essentiel : le propriétaire de la montre s'appelait Robin Ségur.

- Je lance tout de suite une recherche, déclara-t-il en se levant.

- Attendez ! Vous avez mes documents d'archives ?

- Oui, je vous les apporte.

- Merci, Capitaine.

Quelques minutes après, Levigan sortait d'une grande enveloppe kraft les photocopies des articles du journal *Le Petit Niçois*. Il lut d'abord ceux qui relataient le grand incendie du premier Casino de la Jetée-Promenade. Le 4 avril 1883, à 5 heures 35 de l'après-midi, le feu se déclare dans la salle des fêtes, au centre d'un vaste amoncellement de chaises encore enveloppées de paille. Il se propage ensuite à une vitesse vertigineuse. « C'était un spectacle grandiose dans son horreur. La mer calme et limpide en dessous, un ciel dont la sérénité n'était obscurcie que par la colonne d'épaisse fumée qui s'élevait jusqu'aux nues et entre ciel et terre, ce brasier ardent suspendu, à travers lequel on voyait très distinctement les ogives des fenêtres, les dentelures des balcons et des fers ouvrés qui formaient comme des ombres chinoises sur ce fond incandescent. »

La structure fond, puis cède. L'immense coupole s'effondre alors dans un fracas assourdissant. Les flammes s'emparant des objets à la surface de la mer se transforment au fur et à mesure en vapeur d'eau. En deux heures, tout est dévasté. Seuls subsistent des restes calcinés et consumés. Trois années de travaux ont été anéanties en l'espace de deux heures. Le Casino de la Jetée-Promenade, qui devait être inauguré quatre jours plus tard, le 8 avril, n'est plus qu'un vaisseau fantomatique.

On ne déplore aucune victime, mais une enquête est bientôt ouverte au commissariat du 4e arrondissement et confiée à monsieur Cousin, commissaire du quartier. Le bois employé pour la construction aurait été imprégné d'une matière extraite de l'huile de pétrole pour le protéger de l'humidité, mais l'information sera ensuite démentie. Après l'étude de seize dépositions (dont celles de douze ouvriers travaillant sur le chantier, et celle du veilleur de nuit qui gagnait son poste au début de l'incendie), le sinistre sera attribué à une imprudence.

Levigan jeta ensuite un coup d'œil aux coupures de presse qui évoquaient l'inauguration, le 10 janvier 1891, du nouveau Palais de la Jetée-Promenade : « Cet établissement à la fois coquet et grandiose est forcément appelé à devenir le rendez-vous de l'élite de nos hôtes d'hiver ». Ses lignes imposantes se découpent dans la mer et le ciel bleu le jour, et s'illuminent la nuit pour offrir un spectacle tout à fait saisissant. Il ne remporte cependant pas l'unanimité auprès des Niçois.

À part quelques précisions qu'il aurait été malvenu de négliger, le commissaire n'en avait guère appris davantage. Il était déçu de n'avoir pas découvert le petit détail qui aurait éveillé sa curiosité, le début de piste qui lui aurait ouvert la voie vers d'autres interrogations. Il décida d'aller marcher. Il avait dans l'idée d'écumer les bouquinistes pour acquérir quelques cartes postales du Casino de la Jetée-Promenade puisqu'il n'avait toujours pas retrouvé la sienne. Varenne ne manqua pas de le troubler dans son errance alors que le jour faiblissait. Levigan rappliqua à la boîte aussitôt.

- Commissaire, ça se complique ! J'ai bien retrouvé un Robin Ségur, résidant à Nice. C'est un ancien cardiologue. Mais aux dernières nouvelles, il a l'air bien vivant.

- Comment ça « ancien cardiologue » ? Il est à la retraite ?

- Non, il a cinquante-deux ans. Mais il n'exerce plus. Il a démissionné de la clinique où il travaillait encore il y a à peine plus d'un an.

- Bon, alors de deux choses l'une, si ce Robin Ségur est bien vivant, soit nous avons affaire à un homonyme, soit le nôtre a revendu sa montre à un futur noyé que nous n'avons plus aucune chance d'identifier, soit…

Le commissaire ne termina pas sa phrase. Le capitaine insista :

- Soit… ?

- Vous avez ses coordonnées ?

- Oui, tout est transparent. Il a un numéro de sécurité sociale, paye ses impôts.

- Et dans quoi s'est-il recyclé ?

- Cela va vous plaire ! Dans l'horlogerie !

- Vente, réparation, inventions ?

- Il a une boutique dans le centre ville, la SARL Chronos NCA.

- On y va !

Levigan et Varenne se garèrent au parking de l'espace Grimaldi rue Maccarini. En quelques pas, ils atteignirent la rue de la Buffa. À la hauteur du confiseur chocolatier à l'ancienne, le commissaire ralentit pour voir si étaient exposées en vitrine les délicieuses brioches qu'il y achetait parfois. Mais le plateau en argent contenait ce jour-là des nougatines. Levigan, un peu désappointé, rattrapa le capitaine qui patientait déjà devant le petit magasin attenant. La façade du numéro 3, blanche et pas plus large qu'une porte d'immeuble, ne comportait qu'une simple inscription, en haut, en lettres noires arrondies : « Horloger ».

Ils entrèrent et se présentèrent. L'homme assis derrière le comptoir au fond posa l'objet sur lequel il travaillait et retira la loupe qu'il faisait tenir grâce à son arcade sourcilière. Les cheveux courts et les traits assez forts, il devait avoir vingt-cinq ans, soit environ la moitié de l'âge de celui qu'ils recherchaient.

- Monsieur Robin Ségur ? hasarda Varenne.

Levigan baissa la tête et porta la main gauche à son front en soupirant. Pourquoi le capitaine posait-il une question dont il devinait la réponse et qui allait, de plus, renseigner cette personne sur la méconnaissance du dossier par la police ?

- Non, répondit simplement l'employé.

- Et voilà ! pensa Levigan. On a l'air fin, maintenant !

Il laissa Varenne se débrouiller.

- Alors, vous êtes ?

- Rémi Fursec.

Le commissaire nota son nom dans son carnet de moleskine.

- Vous connaissez Robin Ségur ? poursuivit le capitaine.

- Oui.

- Vous pouvez développer ? répliqua Varenne, visiblement agacé par ces réponses monosyllabiques.

- C'est le propriétaire de la boutique.

- Et quand pouvons-nous l'y trouver ?

- Jamais. C'est moi qui ouvre et qui ferme.

- Vous le rencontrez de temps en temps ?

- Non, ce n'est pas la peine. Il me fait confiance. Il

téléphone parfois. C'est tout.

- Vous l'avez déjà vu quand même ?

- Oui, pour mon entretien d'embauche, il y a un an, puis pour la signature du contrat.

- Cela ne vous paraît pas bizarre ? intervint Levigan.

- Quoi donc ?

- De ne jamais le voir ! Vous le faites exprès ? s'irrita Varenne.

- Je ne me suis jamais posé la question. Je n'aime pas que quelqu'un regarde par-dessus mon épaule quand je travaille. Et le montant de mon salaire est plus que satisfaisant. Alors, je ne me plains pas.

- Et il ressemblait à quoi à l'époque, ce Robin Ségur ?

- Le genre nordique ! Cheveux blonds cendrés, assez costaud, qui présente bien. La petite cinquantaine.

- Donc ici, c'est juste un atelier de réparation ? Vous ne vendez pas de montres ?

- Non, presque pas. Juste un petit réveil à quartz de temps en temps.

Le regard du commissaire s'arrêta sur le mouvement en pièces détachées posé derrière le comptoir.

- Et ça, par exemple, c'est pour un client ?

- Je suppose.

Rémi Fursec sembla hésiter.

- Écoutez, je suis payé pour réparer des montres, je répare des montres. Celles que m'apportent les clients, ou celles que m'apporte monsieur Ségur.

- Donc, vous le voyez parfois ?

- Non ! Lorsque j'arrive le matin, je regarde dans le tiroir, là, indiqua-t-il en désignant avec son index un emplacement du comptoir. S'il y a de nouvelles montres à gauche, je les révise, à droite je les répare. Une fois le travail effectué, je les laisse dans cet autre tiroir, juste en dessous, continua-t-il en dévoilant l'intérieur où étaient rangées une montre bracelet et une montre gousset. Après, monsieur Ségur les récupère quand ça l'arrange.

- Des marques de luxe ?

- Je ne fais pas attention, je répare, c'est tout.

- Un horloger ne fait pas attention ? Vous vous moquez de qui ? rétorqua Varenne de plus en plus énervé.

L'employé parut ennuyé. Après quelques secondes, il expliqua :

- Il y a deux choses. D'une part, les montres plus ou moins anciennes, que je remets en état. Je remplace les pièces usées ou cassées par de nouvelles que j'achète chez un fournisseur boulevard Raimbaldi. D'autre part, les marques de luxe. Je ne suis agréé par aucune, je ne peux donc pas commander de pièces de rechange. Donc, celles-là, je ne les répare pas. Je les révise seulement. Je démonte entièrement le mécanisme, je le nettoie, je renouvelle les huiles, et je le remonte. En général, c'est une opération qui doit être réalisée tous les trois à quatre ans pour éviter les pannes.

- Donnez-nous quand même le numéro de téléphone qui vous permet de joindre ce Ségur, ordonna le capitaine.

Le jeune homme griffonna les dix chiffres sur un morceau de papier et le lui tendit.

- Merci, monsieur Fursec, salua Levigan en tournant les talons.

Il sortit, suivi par Varenne, et repassa devant le confiseur chocolatier dont le rideau métallique à croisillons désormais déployé laissait entrevoir, à travers ses barreaux verticaux, l'intérieur plongé dans la pénombre. Il n'osait pas demander au capitaine s'il était disponible le lendemain, samedi, jour volontiers chômé pour ceux qui ont des enfants.

- Finalement, je vais rentrer à pied, annonça-t-il au moment où ils arrivaient rue Maccarini.

- Demain, 10 heures à la boutique ? proposa Varenne.

- Oui, répondit Levigan, sans chercher à s'immiscer dans la vie privée du capitaine. Demain, 10 heures à la boutique ! Bonne soirée, Varenne !

Il fit demi-tour et s'éloigna en souriant sur la rue de la Buffa.

Chapitre 7

Levigan aimait travailler le week-end. Dans cette atmosphère apaisée, les êtres se dévoilaient, s'ancraient davantage dans l'instant présent, devenaient plus légers. Il trouva dans la boîte aux lettres qu'il avait installée à la porte de son bureau une chemise en carton qui contenait un rapport de Lalande. Celle-ci avait été chargée par Varenne de s'occuper des recherches concernant Tanguy Ravel, le plongeur dont on ignorait où il avait passé ces dernières années. Après avoir consulté les bases de données, elle l'avait réinterrogé en compagnie de Tinelli, entre deux ou trois affaires courantes à expédier.

Le commissaire parcourut le document, enleva son caban et ses gants, et dénoua son écharpe. Date : 12. Heure : 10. Minute : à peine 01. Il reconnut la démarche du capitaine dans le couloir. L'instant d'après, Varenne, un sachet en papier à la main, apparaissait dans le cadre de la porte restée ouverte :

- Je suis passé à la boulangerie. Pas le temps de petit-déjeuner ce matin ! C'est le début des vacances. Clotilde a emmené les jumeaux chez ses parents pour la semaine. Les valises n'étaient pas prêtes. La petite voulait mettre le gilet de son frère. C'était « Apocalyse Now » ! Enfin, ça y est ! Ils sont sur la route. Je vous ai pris des brioches. Vous les préférez aux croissants, non ?

Levigan s'étonnait toujours de la gentillesse sans ostentation du capitaine. Touché par son geste et un peu confus car il n'en méritait pas tant, il répondit simplement :

- Merci, Varenne ! Installez-vous tranquillement ! Je vais vous chercher un café !

Une fois réunis dans le bureau, ils firent le point sur leur entretien de la veille avec Rémi Fursec. L'employé semblait sincère et s'il s'était montré peu bavard, c'était certainement plus par crainte d'avoir des ennuis et de perdre son travail que pour cacher un trafic dont il serait le complice.

- Robin Ségur facture sans doute la remise en état des montres en toute légalité. Il faudra vérifier.

- Mais pourquoi alors ne passe-t-il pas par le magasin ? questionna le capitaine.

- Parce qu'il doit posséder un réseau de riches clients et que ceux-ci rechigneraient à faire réviser un objet de plusieurs milliers d'Euros dans ce genre d'endroit. Depuis que le quartz a envahi le marché, réparer une montre revient presque systématiquement à changer une pile. Et ça ne rapporte pas des milles et des cents. Rémi Fursec ne verrait pas souvent un vrai mouvement passer sous sa loupe sans ceux que lui confie Robin Ségur. Et si votre Rolex, votre Jaeger-LeCoultre ou votre Patek Philippe a besoin d'un dépoussiérage, vous vous adressez soit à la maison mère, soit à un réparateur agréé, mais pas à une échoppe comme celle-là, même si l'employé est peut-être tout aussi talentueux qu'ailleurs. Cela manque de garantie et de décorum, et quand vous payez des sommes pareilles, vous ne songez pas à vous en priver.

- En tout cas, Robin Ségur a bien acheté sa Breguet dans les règles de l'art.

- Oui, le conservateur du musée me l'a confirmé. Aucun doute de ce côté-là !

- Il l'aurait revendue alors ? Parce qu'il ne peut pas être à la fois vivant et noyé !

- Revendue, je l'ignore. Je suppose néanmoins qu'il y aurait une trace dans les registres. Mais être à la fois vivant et noyé, en effet, c'est peu probable, Capitaine ! confirma Levigan avec une pointe de moquerie dans la voix. En tout cas, nous pouvons écarter la piste de l'homonyme. Ce serait une drôle de coïncidence !

- Comment opérons-nous ? Nous allons toujours le voir ? Nous lui annonçons que nous avons retrouvé sa montre ?

- Non, justement ! Dans un premier temps, nous allons lui faire croire que nous enquêtons sur un petit trafic. Nous verrons bien comment il réagira et s'il nous parle de sa Breguet.

Robin Ségur habitait près de la cathédrale russe Saint-Nicolas. L'immeuble modeste et décrépit qui abritait son appartement contrastait avec les autres édifices du quartier. Troisième étage, droite. Le capitaine sonna. Un homme au physique correspondant exactement à la description établie par Rémi Fursec vint leur ouvrir.

- Monsieur Robin Ségur ?

- Oui, c'est moi, répondit l'intéressé, apparemment surpris.

- Je suis le capitaine Varenne et voici le commissaire Levigan. Nous souhaiterions vous poser quelques questions.

- Entrez, je vous en prie.

Le vestibule donnait sur un salon impeccable, au mobilier sans cachet qui ressemblait à celui d'une salle d'attente. Seule une petite table de chevet de style Louis XVI en acajou, comportant deux tiroirs aux poignées finement ciselées, donnait un semblant d'âme à l'ensemble. À travers deux fenêtres moyennes immédiatement repérées par Levigan, les rayons du soleil se frayaient un chemin et tentaient d'égayer la pièce. Aucun tableau au mur, aucune photo sur la commode. Aucune bibliothèque, aucun livre.

Les trois hommes s'assirent sur des fauteuils en cuir noir. Varenne engagea la conversation, prétextant donc une enquête de routine sur des montres de contrefaçon, des vérifications à effecteur, quelques bricoles à clarifier. Il avançait dans le brouillard. Il n'était au courant de rien et n'avait pu dresser une liste de questions précises à poser car Levigan avait refusé de perdre du temps à dégotter des renseignements sur l'activité horlogère de l'ancien cardiologue. Ils avaient un cadavre sur les bras et il n'était pas question de passer plusieurs jours à examiner les transactions plus ou moins honnêtes de la SARL Chronos NCA. Au début, Robin Ségur ne leur apprit rien de nouveau. Son employé, les changements de piles, puis les réparations et les révisions pour des clients ne connaissant pas le magasin, mais dûment enregistrées dans le cadre des activités de sa société, comme sa comptabilité, confiée à un cabinet professionnel ayant pignon sur rue, pouvait l'attester. Il lui arrivait aussi d'acquérir quelques modèles à titre privé, pour sa propre collection.

- Vous avez une marque de prédilection ? intervint Levigan.

- Non, pas vraiment. Pas d'époque non plus. Je préfère laisser l'horlogerie de luxe aux vrais professionnels. Les montres que j'achète sont de grande qualité mais issues de petites maisons qui ont cessé d'exister depuis longtemps. La plupart du temps, elles ne sont même pas signées.

- Et celles de vos clients ?

- Lorsqu'il s'agit de grandes marques, nous ne

proposons pas de service de réparation, seulement un service de révision. Je ne vais pas m'amuser à faire remplacer des pièces Rolex ou IWC par des pièces lambda. Ce serait illégal.

- Et vos clients savent que votre horloger n'est pas agréé ?

- Le travail est bien fait, les pièces sont d'origine. Personne n'est floué.

- Rémi Fursec est bien rétribué pour un employé sans expérience, avança Levigan.

- La compétence se paye.

- C'est très honnête de votre part.

Robin Ségur comprit que le commissaire avait compris. Si le salaire qu'il octroyait à Rémi Fursec était si généreux, c'était implicitement pour qu'il ne se montrât pas trop curieux, sachant qu'il risquait alors de perdre une position qu'il n'obtiendrait nulle part ailleurs avec son seul CAP d'horlogerie. Et s'il lui faisait suivre les formations pour obtenir les agréments d'une ou de plusieurs grandes marques, son talent serait aussitôt remarqué et il serait débauché avec des primes mirobolantes à la clef. Finalement, il avait pour lui un artisan hors pair qui ne lui coûtait pas grand-chose si l'on envisageait la situation sous cet angle.

- Et la montre que vous portez ? interrogea Levigan en désignant le modèle en or qui dévoilait l'ensemble de son mécanisme à travers un cadran transparent.

- C'est une de mes premières acquisitions. Une montre squelette née des mains d'un maître horloger parfaitement inconnu du début du XXe siècle.

- Vous avez la facture ?

- Commissaire, vous me vexez ! Vous ne pensez tout de même pas que je l'ai volée ?

- Je ne pense rien, répliqua sèchement Levigan, gêné par ce ton devenu soudain familier.

Il se leva et ajouta :

- Faites du tri dans vos vieux papiers. Au revoir, monsieur Ségur.

- Messieurs…

- À propos, avez-vous un chien ? lança le commissaire juste avant de sortir de l'appartement.

- Non, je n'ai pas d'animaux.

- Vous n'en avez jamais eu ?

- Non, jamais.

Levigan proposa à Varenne d'aller faire un tour dans le jardin de la cathédrale russe Saint-Nicolas. Boulevard Tzarewitch, ils tournèrent avenue Nicolas II, et au bout de l'allée, passèrent le portail. Ils marchèrent autour de l'édifice à l'architecture si imposante. Les murs ocre foncé s'élevaient vers deux clochers dont les couleurs se mariaient avec celle de la végétation, puis à un niveau supérieur, vers des coupoles à bulbes dans les mêmes teintes, surplombées de croix dorées.

Le commissaire réfléchissait. Quel genre d'homme était ce Robin Ségur ? Un éminent médecin qui avait mis fin à sa carrière pour ouvrir une modeste boutique dont il cachait l'adresse à ses clients ? Qu'avait-il à y gagner ? Il avait abandonné un statut prestigieux, une villa à Cimiez pour ce trois-pièces ordinaire qui détonait avec son costume sur mesure et ses chaussures italiennes en cuir précieux. Certains misaient tout sur l'apparence mais tout de même ! Et s'il n'était pas un escroc à la petite semaine mais un trafiquant de plus grande envergure ? Il avait dû être prévenu par Rémi Fursec de leur visite au magasin la veille. Il avait eu le temps d'orchestrer sa mise en scène. Il fallait prospecter du côté de son entourage. Mais quel entourage ?

- Ségur est-il marié ? s'enquit Levigan qui avait pourtant remarqué qu'il ne portait pas d'alliance.

- Non, il a divorcé il y a quatre ans, deux ans avant de cesser d'exercer.

- Il a des enfants ?

- Il avait un fils. Il est mort il y a peu. Il avait vingt et un ans.

- Et maintenant, il vit avec quelqu'un ?

- Pas d'après mes renseignements. Mais vous savez, sans passage devant le maire en bonne et due forme ou domicile enregistré conjointement avec papiers officiels à l'appui, comment savoir ?

- Et le nom de Breguet qu'il n'a même pas prononcé ! enchaîna le commissaire.

- Je me demande si nous n'aurions pas mieux fait de lui poser directement la question. S'il a revendu sa montre, il nous donnait le nom du nouveau propriétaire et cela nous permettait d'avancer. Parce que c'est peut-être le seul et unique lien qui le rattache à l'affaire.

- C'est vrai. Mais c'était quitte ou double. S'il est mouillé d'une manière ou d'une autre, c'en était fini pour nous.

Levigan admettait cependant que Varenne avait raison. L'enquête piétinait. L'identification était remise en cause et Robin Ségur savait maintenant que la police s'intéressait à lui. Il avait tout loisir de préparer une parade. Mais le commissaire n'avait pas dit son dernier mot. Il avait même peut-être encore un tour d'avance.

Chapitre 8

Le lundi matin, le ciel s'obscurcit. Encore de longues heures entre parenthèses qui s'annonçaient. À chaque fois, c'était pareil. Un jour de pluie à Nice était un jour volé. Un jour inutile qui n'aurait pas dû être décompté du temps accordé pour une vie. Le dimanche était déjà par définition sinistre, alors s'il se prolongeait en plus le lendemain à cause des nuages bas, c'était vraiment à désespérer !

Pourtant, Levigan, contre toute attente, avait passé un dimanche agréable. Installé chez lui, il n'éprouvait plus cette envie permanente de respirer l'air du large qui le poursuivait toute la semaine. Dans son appartement lumineux aux murs recouverts de bibliothèques, les fenêtres immenses ouvertes sur le jardin extérieur en contrebas, il se sentait à la fois à l'abri et en harmonie avec la lumière. Et l'été, il profitait de sa terrasse de jour comme de nuit. Il avait beaucoup lu, sur l'histoire du Casino de la Jetée-Promenade surtout, et deux courts romans qui attendaient depuis le début de l'affaire. Confortablement assis sur le canapé, avec à disposition des litres de thé, il tournait les pages en savourant chaque minute, tandis que Tempus et Fugit alternaient les séances d'escalade, les siestes, et les grignotages.

Mais voilà, c'était lundi matin. Et il pleuvait. Levigan regardait les gouttes tomber sur les carreaux et les trottoirs presque déserts où apparaissait parfois un passant qui semblait s'être égaré et chercher la sortie du labyrinthe. Date : 14. Heure : 8. Minute : 29 passée. Laura pensait-elle encore à lui parfois ?

C'était l'heure du briefing. Varenne, Lalande et Tinelli frappaient déjà à la porte de son bureau. Levigan exposa aux lieutenants le résultat, peu concluant avoua-t-il, de leurs investigations auprès de Rémi Fursec et de Robin Ségur. Il attendait un C. V. très détaillé du premier, avec appréciation de ses professeurs, employeurs, et le reste, si possible dans la journée. D'autre part, les appels téléphoniques à partir du numéro cédé par l'employé, déplacements, fréquentations, utilisation de cartes de crédit du second devaient être passés au peigne fin.

De leur côté, après avoir effectué quelques recherches sur son emploi du temps des dernières années, les lieutenants avaient interrogé à nouveau Tanguy Ravel, comme l'indiquait le rapport de Lalande déposé dans la boîte aux lettres du commissaire. Le plongeur s'était montré assez peu coopératif.

- Le genre humanitaire en manque d'aventure, raconta Tinelli. Il distribue sa générosité et sa compassion en fonction du pedigree du nécessiteux et de son pays d'origine. Il a quand même osé nous dire qu'on dépensait beaucoup d'énergie pour un seul bonhomme, qui en plus avait eu la chance de clamser sur la Côte d'Azur, alors que nombre de populations s'entretuaient pour un bol de riz. Et la police ne sert à rien parce que la véritable injustice, ce n'est pas un meurtrier qui court dans la nature mais le tiers-monde qu'on assassine. Je me suis pas gêné pour lui balancer que si on me retrouvait noyé un jour, riche ou pauvre, ça me ferait plaisir de savoir qu'un flic, qui ne me connaît ni d'Eve, ni d'Adam, s'occupe de chercher mon identité pour le réconfort à la famille et de trouver le saligaud qui m'a envoyé dans l'au-delà pour mon réconfort personnel, même si je ne suis plus là pour profiter du spectacle le jour où on le met en cabane. Enfin, bref ! Il ne compte pas rester longtemps dans le coin. Tout ce qu'il attend, c'est de récupérer assez d'oseille pour repartir illico presto bouffer du riz !

- Votre sentiment, Lalande ? questionna Levigan, étonné que la description de Tanguy Ravel présentée par Tinelli différât quelque peu de celle donnée par Oscar Jouve, le directeur des fouilles.

- Il jouait la carte de la provocation, mais il n'était pas agressif. S'il avait quelque chose à se reprocher, il n'aurait peut-être pas exposé ses opinions si franchement. À moins que ce ne soit une ruse. Mais quel serait le mobile ? Il ne va pas tuer tous les habitants de la région qui mangent à leur faim sous prétexte que, vivant au soleil, ils sont privilégiés. Ou alors, c'est crapuleux. Un vol qui a mal tourné ? Un contrat à exécuter ? Mais cela n'aurait pas été très malin de sa part de se débarrasser du corps sur le lieu des fouilles. Il se doutait bien qu'il serait parmi les premiers interrogés. C'était la case prison assurée !

- Un meurtrier s'imagine rarement en taule, avança Tinelli. Son pouvoir de projection s'arrête avant. Son cerveau ne va pas chercher plus loin que le bénéfice initial. Les conséquences fâcheuses qui risquent de s'ensuivre, il connaît pas. Il voit même pas à quoi ça peut ressembler ! Et comme en plus, il se croit plus fort que les autres…

Levigan avait relu le rapport de Lalande avant la réunion. Après avoir quitté Nice où il prenait des cours de plongée auprès d'Oscar Jouve, Tanguy Ravel était parti en Inde, entraîné par un ami en quête de spiritualité. Il avait ainsi passé deux années à écouler l'argent que ses parents avaient économisé pour ses études, puis il était revenu pour renflouer les caisses.

Mais sommé de trouver un emploi stable, il avait quitté la Côte d'Azur, traînant alors à droite, à gauche, puis s'était installé dans un squat en Bretagne. Il était resté là-bas un bon bout de temps, participant à quelques manifestations anti-ceci ou anti-cela, puis avait gentiment regagné le nid il y a deux ans et demi. Depuis qu'il travaillait pour Asmazur, il habitait chez ses parents, dans une chambre indépendante aménagée en studio, au-dessus de leur appartement. Le lieutenant avait aussi eu accès à son profil au sein d'un réseau social sur internet.

- Des informations intéressantes ? se renseigna Levigan.

- Pas vraiment ! Le récit de soirées arrosées et autres commentaires sur ses humeurs du jour.

- Vous récupérerez les photos si elles montrent son appartement ou ses relations. On ne sait jamais !

- Et vous, Commissaire, pensez-vous qu'il soit impliqué ? tenta Varenne.

- Il sonne creux !

Tinelli fit un clin d'œil à Lalande pour lui indiquer que lui non plus ne comprenait rien aux phrases mystérieuses de Levigan.

- Bon, on s'y met ! ordonna le capitaine en se levant, signalant ainsi aux lieutenants que le briefing était terminé.

Lalande et Tinelli sortirent du bureau. Varenne s'attarda et demanda au commissaire :

- « Il sonne creux », cela signifie que Tanguy Ravel n'est qu'un écran de fumée ?

- Exactement ! Il gesticule, il palabre, mais il n'y a rien derrière. Et moi, je suis comme la nature, j'ai horreur du vide !

Lorsque le capitaine eut refermé la porte, Levigan

ressortit la fiche sur Robin Ségur. Parents d'origine modeste. Fils unique. Né à Nice, études à Nice, à part une année d'internat à Lyon, et carrière à Nice. D'après le témoignage de ses patients, c'est un médecin très humain, très à l'écoute. Pas de conférences, ni de colloques. Presque jamais de vacances à part quelques séjours à Montréal en famille. Collectionneur de montres, il participe à quelques ventes aux enchères. Divorcé de Bénédicte Lesage, architecte. Un fils, Julien, tué lors d'une mission en Afghanistan. Robin Ségur cesse d'exercer, vend sa villa, change de quartier, s'installe dans un trois-pièces, puis crée sa société, Chronos NCA, qui lui permet de vivoter financièrement.

Le rapport ne mentionnait pas s'il avait eu un chien. Cela n'aurait pas suffi à prouver que la figurine en cristal retrouvée sur la victime lui appartenait mais, pour Levigan, ce détail revêtait néanmoins une certaine importance. Le meurtrier avait-il dédaigné l'objet car il le considérait sans valeur ? Ou l'avait-il déposé sciemment, comme une marque, une signature ? Ou encore, s'étant emparé de l'argent et des papiers rassemblés dans une sacoche peut-être, avait-il simplement oublié de fouiller ses poches ? Et la Breguet ? L'avait-il confondue avec n'importe quel modèle à quartz bon marché ? Ou ne l'avait-il tout simplement pas vue sous la manche de la chemise, du gilet et de la veste ?

Le commissaire téléphona à Timothée Destrier. Puisque Julien Ségur avait été militaire, le lieutenant de gendarmerie maritime aurait certainement quelques renseignements à disposition. De plus, un de ses fils, engagé dans la Légion, avait passé six mois et demi en Afghanistan. Il laissa un message, relut la fiche, puis débarqua dans le bureau du capitaine :

- Il manque un élément ! C'est impossible autrement. Robin Ségur n'a plus de femme, il perd son fils, et comme ce n'est pas assez, six mois après, il décide de démissionner ! Non ! Son travail, c'était tout ce qui lui restait.

- Vous savez, l'alcool, la dépression… On dégringole vite.

- Il était encore en équilibre, instable sans doute, mais il n'aurait pas abandonné. Quelque chose ou quelqu'un l'a poussé dans le précipice. Trouvez-moi toute l'activité de la clinique durant son dernier mois d'exercice, la liste du personnel, les opérations difficiles, les complications, les décès. Il s'est passé quelque chose !

- Cela risque de prendre un peu de temps.

- Vous avez raison. Mieux vaut nous rendre directement sur place ! Vous venez, Varenne ?

La lumière très blanche de l'établissement contrastait avec les ombres grises au dehors. L'extérieur s'évanouissait dès que l'on pénétrait dans cet univers clos, qui n'avait nul besoin du ciel pour exister. Clarté, obscurité, peu importe, le rythme des jours était aboli, celui des saisons aussi. On était à mille lieux de la terre, du parfum des fleurs et du souffle du vent, à mille lieux même de la pluie qui tout à coup avait tant à voir avec la vie. Dans cet endroit aseptisé qui sentait le produit de nettoyage, le bruit des sabots des infirmières couvrait celui du clapotis de l'eau sur les fenêtres, semblant condamnées avec leurs stores baissés. Et là, Robin Ségur raccommodait les cœurs.

À l'accueil, Levigan et Varenne firent appeler le directeur de la clinique. Quelques minutes plus tard, ils expliquaient au docteur Ghislain Doviny, bellâtre approchant la cinquantaine, qu'ils souhaitaient préciser certains points concernant les dernières consultations de Robin Ségur.

- Le pauvre, depuis la mort de son fils, il n'opérait plus, déclara le directeur d'un air faussement compatissant. Il avait pris cette courageuse décision afin que son état ne porte pas préjudice aux patients. Je pensais qu'avec le temps, tout rentrerait dans l'ordre. Mais....

Puis les entraînant à l'écart et baissant la voix, il continua :

- Écoutez, j'espérais ne jamais avoir à en parler car le docteur Ségur était un bon cardiologue et il méritait de poursuivre sa carrière. Mais sa démission est devenue inévitable le jour où il a commis une faute grave. Une patiente est décédée car il ne l'a pas ranimée à temps.

- Mais vous venez de nous dire qu'il n'opérait plus, réagit Varenne.

- Non, en effet. Ce n'est pas arrivé pendant l'intervention, mais le surlendemain. La clinique était en effectifs réduits. Il était le seul médecin de garde.

- Et pourquoi alors ne pas l'avoir licencié ? interrogea Levigan.

- Tout le monde fait des erreurs. Et lui moins que les autres. C'était la première fois qu'il perdait un patient. S'il démissionnait, cela lui permettait de trouver une place ailleurs quand il jugerait être de nouveau apte à exercer. C'est l'option que je lui ai proposée. J'étais même prêt à lui écrire des lettres de recommandation pour que ses nouveaux employeurs ne fouillent pas trop dans son passé.

- Pouvons-nous, s'il vous plaît, consulter le dossier de cette patiente ? questionna le capitaine.

- Bien sûr. Suivez-moi.

Ils empruntèrent le couloir. Levigan en profita pour demander d'un air détaché :

- Et cette patiente, qui l'avait opérée alors, si ce n'est pas Robin Ségur ?

Après quelques secondes d'hésitation, le directeur déclara froidement :

- C'était moi. Et ça s'était tout à fait bien passé. Vous voudrez bien m'excuser maintenant, j'ai à faire.

- Une dernière chose, quel type de montre portait-il ?

Ghislain Doviny esquissa une moue de satisfaction, visiblement rassuré que la conversation s'orientât sur ce sujet :

- Une Breguet. Il y tenait beaucoup. Il était passionné d'horlogerie, je crois qu'il possédait une belle collection. Mais à son poignet, depuis qu'il l'avait acquise, je n'ai jamais vu d'autres montres que cette Breguet.

Il confia le commissaire et le capitaine aux bons soins de sa secrétaire qui les introduisit dans une pièce sombre dont les murs, faiblement éclairés par un malheureux plafonnier, étaient tapissés de longues rangées de tiroirs en métal. Elle en ouvrit un et sortit le dossier. Puis elle les laissa seuls, en signalant qu'elle se trouvait au bureau 112.

- Varenne, j'ai hâte de sortir d'ici, il n'y a même pas de fenêtre. Ne traînons pas !

- Vous n'enlevez pas votre caban ? s'amusa le capitaine qui s'était mis à son aise.

- Non, je préfère être paré et ne pas perdre de temps quand nous en aurons terminé !

- Vos n'enlevez pas vos gants non plus ?

- Non plus, non !

La patiente, Emma Boissière, avait vingt et un ans. Suivie depuis toute petite pour une malformation cardiaque, elle avait déjà subi deux opérations avant celle qui devait lui être fatale. Le soir de son décès, deux infirmières était présentes, ainsi que Robin Ségur. Elle était morte à 21 heures 35.

Ils refermèrent le dossier, en obtinrent des photocopies, et se dirigèrent vers la sortie avec un soulagement non dissimulé pour Levigan et nombre de questions en suspens pour Varenne. La pluie avait cessé mais le ciel restait dangereusement menaçant. Les deux hommes entrèrent dans un café où une ardoise, sur la vitrine, indiquait « collations sur place ou à emporter ». Il y avait beaucoup de monde, beaucoup de bruit. Tous les habitués de la terrasse s'étaient entassés à l'intérieur.

- En tout cas, ils n'ont rien à cacher. Ça a été beaucoup plus facile que je ne l'imaginais, s'étonna le capitaine.

- Ou ils ont si savamment mis au point leur scénario que tout semble transparent. Nous en saurons davantage en interrogeant les parents de la jeune femme. Vous avez remarqué ? Elle avait le même âge que le fils de Robin Ségur.

- Oui, peut-être. Et alors ?

- Alors, sa mort a dû résonner comme un triste écho à sa propre histoire.

Ils emportèrent finalement leurs sandwiches et leurs gobelets dans la voiture. Le thé de Levigan avait le goût de carton réchauffé et le café de Varenne était une lavasse sans nom. Ils jetèrent encore un coup d'œil aux documents :

- Ils sont commerçants. Appelez les lieutenants pour avoir l'adresse de leur magasin.

- Vous êtes sûr, Commissaire ?

- Oui, répondit Levigan tristement.

Et pourtant, il ne l'était pas. Il s'en voulait déjà d'aller déranger de pauvres gens pour qui l'évocation de cette période devait être encore si douloureuse et de surcroît sans lien absolument avéré pour l'instant avec l'affaire. Il aurait pu se renseigner directement auprès de Robin Ségur mais il lui semblait qu'en brûlant ainsi les étapes, il s'engouffrerait dans une voie sans issue qui l'éloignerait du but. Son intime conviction lui dictait de persévérer, malgré le flou apparent. Mais si cette montre n'avait rien à voir ? Si l'ancien cardiologue s'en était tout simplement défait au moment de changer de vie ? Même s'il refusait de communiquer le nom de l'acquéreur, un tour rapide dans les salles des ventes apporterait une réponse immédiate. Avec l'identité du cadavre, la véritable enquête pourrait commencer. Et pour l'heure, Levigan tournait dans le vide, dans des investigations parallèles qui peut-être ne rejoindraient jamais celle qu'il était chargé de mener. Il craignait soudain que son goût obsessionnel pour les énigmes n'altérât quelque peu son discernement.

Chapitre 9

Pendant tout le trajet, Levigan était resté silencieux. La voiture venait de s'arrêter rue de France, à la hauteur de la place de la Croix de Marbre, devant la colonne du pape Pie VII entourée de palmiers désolés et ruisselants. Il recommençait à pleuvoir. Seules les teintes chaleureuses du palais Marie-Christine redonnaient un peu d'éclat au ciel incolore.

Un quart d'heure avant, Lalande, tout en cherchant les coordonnées du magasin, avait expliqué que Tinelli était parti rencontrer une femme dont le numéro revenait souvent dans l'historique des appels de Robin Ségur. Varenne lui avait ensuite relaté la dernière soirée du cardiologue à la clinique.

- Demandez-lui aussi de vérifier à quelle fréquence il a ses parents au téléphone ! s'était alors exclamé Levigan.

Le capitaine avait transmis.

- Et quelle que soit cette fréquence, que les lieutenants aillent les interroger dès aujourd'hui. C'est ce que nous aurions dû faire depuis le début.

- Les interroger sur quoi ?

- Qu'ils improvisent ! Peu importent les questions, il n'y aura qu'une seule réponse.

Quand Varenne avait raccroché, le commissaire avait ajouté, pensif :

- Nous tenons la clef !

Et depuis, plus rien.

Il pleuvait de plus belle. Ils sortirent du véhicule, traversèrent la rue et passèrent devant la Croix de Marbre. Les gouttes d'eau tombaient sur les tuiles vernissées puis coulaient le long des quatre colonnes de l'édicule qui abritait le Christ en son centre. La mercerie se situait à quelques pas de là, juste avant le bureau de poste au coin de la rue Dalpozzo. Le lieu ressemblait à certains commerces d'antan, étroit, avec une multitude de casiers en bois éclairés par une lumière dorée. Monsieur et madame Boissière, une fois informés du but de la visite des enquêteurs, verrouillèrent la porte d'entrée, y apposèrent un panneau format carte postale où figurait le mot « fermé », et les invitèrent à les suivre dans une pièce à l'arrière.

Une lucarne presque aveugle. Une machine à coudre ancienne. Des boîtes en carton empilées de-ci, delà. Et sur un mur à droite, deux ou trois petits cadres dont Levigan ne pouvait distinguer ce qu'ils représentaient à cause de la pénombre. L'homme portait un pantalon en velours et une chemise à carreaux, son épouse une robe en laine beige. Les cheveux grisonnants, d'âge difficile à définir, les traits marqués par un mélange de souffrance et de résignation, ils s'exprimaient avec une étrange douceur. Emma était leur fille unique.

Atteinte d'une malformation cardiaque décelée dès sa toute petite enfance, elle avait pourtant mené une existence presque normale entre les examens réguliers et les interventions. Bien sûr, elle ne pouvait s'adonner au sport, mais comme elle préférait le dessin et la peinture à toute autre chose, elle ne s'en plaignait pas. Elle avait été opérée une première fois à l'âge de quatre ans, une deuxième fois à douze et la dernière fois à vingt et un ans. C'était le docteur Robin Ségur qui s'occupait d'elle depuis le début. Il la recevait en consultation tous les six à huit mois, et le reste du temps, il était toujours disponible pour l'écouter, pour la réconforter. Il répondait à ses questions le plus précisément possible.

- Il ne la traitait pas comme une enfant ou ensuite comme une adolescente, vous comprenez ? Elle n'était pas pour lui un objet d'étude, un corps détraqué. Elle était malade, certes, mais il la considérait d'abord comme un individu, comme une personne à part entière. Et notre fille lui en était très reconnaissante, racontait madame Boissière.

- C'est pour cette raison, enchaîna son mari, que nous avons été très inquiets lorsque nous avons appris que suite à un drame personnel, il ne procèderait plus à aucune intervention jusqu'à nouvel ordre. L'état d'Emma nécessitait une nouvelle opération, mais il nous a très gentiment expliqué qu'il refusait de prendre le moindre risque. Il avait parfois des pertes de mémoire, insignifiantes nous avait-il précisé, mais qui survenaient sans prévenir. Et en chirurgie, chaque seconde compte.

Ils avaient alors accepté que le directeur de la clinique, le docteur Doviny, se charge de l'intervention. Leur fille s'était réveillée normalement, évidemment dans un état de fatigue extrême. Ils lui avaient rendu visite à la clinique le lendemain et le surlendemain, puis étaient rentrés chez eux. Ils n'avaient appris son décès survenu le soir-même de ce troisième jour que douze heures plus tard. Le chirurgien les avait reçus. Il était désolé, le docteur Ségur n'avait pas pu ranimer Emma. Les dispositions avaient été prises pour le sanctionner lourdement. L'avocat de la clinique entrerait en contact avec eux pour leur remettre une somme très conséquente évaluée en fonction du préjudice subi.

Plus tard, une lettre du docteur Ségur leur était parvenue, leur faisant part de sa peine et évoquant leur fille avec beaucoup de tendresse. Mais ils ne l'avaient jamais revu. Aussi, ils regrettaient de ne pouvoir aider davantage les enquêteurs. Devant l'insistance de l'avocat de la clinique, ils avaient finalisé la transaction qui devait soi-disant apaiser leur douleur. Ce n'est qu'après, bien après, qu'ils s'étaient étonnés de ne pas avoir été prévenus du décès d'Emma immédiatement. Ils se rendirent aussi compte que l'empressement de la clinique à les « dédommager » n'avait d'autre but que de les dissuader définitivement d'intenter un procès. Mais ils n'avaient plus la force de se battre désormais. De toute façon, rien, ni personne ne leur rendrait leur fille.

Levigan les remercia. Il se leva et chercha un mot réconfortant à leur adresser mais rien ne vint. Il pensa à l'éventail en dentelle noire que Laura avait acheté dans cette mercerie l'été d'avant et se dit que l'on passait sa vie à croiser des gens dont on ne savait rien, et qu'il fallait qu'un cadavre fût repêché dans la Méditerranée pour connaître leur histoire.

Une fois dehors, il fut saisi par l'air froid et humide et ce clair-obscur de plus en plus persistant. Varenne se renseigna sur la suite du programme :

- Je suppose qu'une nouvelle visite à Robin Ségur s'impose ?

- Vous supposez bien, Capitaine !

En cette fin de journée, la grisaille timide du matin s'était transformée en un épais voile noir. La cathédrale russe Saint-Nicolas semblait détachée de la ville, isolée dans un jardin qui avait pris des allures de parc hanté.

- Cette pluie ne s'arrêtera-t-elle donc jamais ? se lamenta le commissaire, les yeux rivés sur le pare-brise.

Le capitaine coupa le moteur tandis que s'évanouissait le tic-tac plaintif des essuie-glaces.

Levigan et Varenne se hâtèrent jusqu'à l'immeuble, passèrent le hall dont la peinture s'écaillait toujours, et gravirent les trois étages. Robin Ségur ouvrit la porte au moment où ils arrivaient sur le palier.

- J'allais sortir, avança-t-il.

- Ce ne sera pas long, répliqua le capitaine.

L'intérieur de l'appartement, sans le secours du soleil, semblait plus inhabité encore que la dernière fois. Les trois hommes prirent place dans les mêmes fauteuils, répétèrent les mêmes gestes.

- Vous étiez cardiologue avant de vous lancer dans l'horlogerie ?

- Oui, mais j'ai préféré arrêter. Trop de pression, trop de sacrifices. C'est du passé, tout ça.

Varenne insista, tentant de recueillir des compléments d'information sur la mort d'Emma Boissière, sur le directeur de la clinique, sur la manière dont les choses s'étaient ensuite déroulées. Robin Ségur affecta un air dépité et déplora que le sort se fût tant acharné contre lui. Puis il se redressa sur son siège :

- Mais je crois que vous venez pour la facture, n'est-ce pas ?

- En effet, acquiesça Levigan.

- Justement, la voici, répondit-il en tendant au commissaire une feuille de papier posée sur la table basse ainsi que la montre qu'il retira de son poignet.

- Voyez, Capitaine, tout est en ordre, indiqua Levigan sur un ton malicieux. Modèle squelette de marque Hora, acheté en toute légalité, avec le cachet de l'hôtel des ventes, il y a une vingtaine d'années. Le nom de l'acquéreur est bien Robin Ségur ici présent.

- Puisque vous sortiez, nous allons vous laisser, conclut Varenne. Votre comptabilité a été vérifiée. Là aussi, tout est en ordre. Nous vous souhaitons une bonne continuation, monsieur Ségur.

Le commissaire et le capitaine prirent congé. La pluie s'était arrêtée. Elle avait laissé derrière elle une odeur de terre et d'écorce au bord des jardins.

- Cette fois, la mort de Robin Ségur est officielle, déclara Levigan. Maintenant que le corps est formellement identifié, l'enquête va enfin pouvoir commencer.

- Depuis quand saviez-vous que l'homme de Chronos NCA n'était pas l'ancien cardiologue ?

- Savoir, c'est un grand mot. C'était une intuition tout au plus ! Lors de notre première visite, je le voyais tourner le poignet pour mettre sa montre en évidence. S'il l'avait acquise illégalement, il n'aurait pas fait tant de manières. Et vous vous rappelez cette désinvolture avec laquelle il m'avait lancé : « Commissaire, vous me vexez ! Vous ne pensez tout de même pas que je l'ai volée ? » pour me piquer au vif, pour que je le pousse à sortir cette facture, cherchant à nous faire croire que c'était nous qui la réclamions. Pourquoi tenait-il tant à nous la mettre sous le nez ? C'est simple. Ce document prouve son identité, enfin celle sous laquelle il se présente.

- Et comment l'a-t-il obtenu ?

- Quand il a acheté cette montre au vrai Robin Ségur. Celui-ci a dû lui fournir la facture originale en même temps que l'objet. C'est même sans doute lors de cette transaction qu'ils se sont connus.

- Je vous ramène, Commissaire ? proposa le capitaine.

- Non, je vais rentrer à pied. Bonne soirée, Varenne.

Et Levigan s'en alla d'un pas léger sur le trottoir dont la couleur, devenue noire et métallique sous l'effet de l'eau, rappelait le graphite utilisé dans la composition des mines de crayon.

Chapitre 10

Date : 15. Heure : 8. Minute : 32 finissante. Le soleil avait regagné le ciel. Tempus et Fugit gambadaient allègrement dans le salon et ne semblaient pas vouloir se résigner à abandonner leur liberté pour intégrer la cage. L'appel des friandises n'y faisait rien. Elles comprenaient qu'il s'agissait là d'une ruse et elles n'allaient pas se laisser duper comme le premier animal domestique venu ! Levigan s'amusait de leur résistance digne des esprits les plus indépendants. Beaucoup d'humains, prêts à toutes les servitudes pour une petite douceur, une marque d'attention, une preuve d'amour, succombaient à un appât à peine plus élaboré.

Cependant, il ne pouvait quitter l'appartement sans les astreindre à leur résidence. Nonobstant le fait qu'il retrouverait sinon le salon à feu et à sang, il redoutait surtout d'éventuelles blessures car, entre les escalades en équilibre et les sauts périlleux, les petites rates étaient de nature éminemment téméraire. Quand il se baissait pour en récupérer une sous le canapé, la seconde venait lui donner un petit coup de museau sur la cheville et repartait en courant jusqu'à une nouvelle cachette. Le temps qu'il se retournât, la première avait aussi gagné l'autre bout de la pièce. Pour leur faire comprendre que le jeu était fini, il s'assit sur le canapé, attendit une minute, puis les appela doucement. L'instant d'après, elles sautaient sur ses genoux. Il les recueillit dans ses mains, se leva, puis les posa délicatement dans leur cage.

Il s'empara ensuite de son caban qu'il enfila dans les escaliers et se pressa jusqu'à la boutique. Il fut étonné de n'y trouver personne de son équipe. Il se décida alors à écouter les messages en attente depuis la veille. Timothée Destrier avait quelques renseignements à lui communiquer sur Julien Ségur, le fils de la victime, et l'invitait à dîner mercredi soir. Les lieutenants avaient trouvé porte close au domicile des parents de l'ancien cardiologue et comptaient y retourner ce matin. Et Varenne serait en retard à cause d'une fuite d'eau dans sa salle de bain.

- C'était bien la peine de me dépêcher d'abandonner mes deux jolies captives ! soupira Levigan.

En attendant, il se concentra à nouveau sur le Casino de la Jetée-Promenade, redevenu le point de départ de l'enquête. Comme il aurait désiré qu'il signifiât quelque chose ! Tant de secrets de famille, de confrontations enfouies, de vieilles rancœurs traversaient les décennies. L'incendie qui avait détruit l'édifice n'avait fait aucune victime. Mais peut-être voulait-on venger un ancêtre abusé dans les négociations politiques qui avaient précédé sa création, malmené au moment de sa construction, lésé dans les bénéfices qu'il avait rapportés.

La Seconde Guerre mondiale s'était pourtant chargée de mater les présomptueux en anéantissant le symbole de leur gloire passée. Et si cela n'avait pas suffi à ceux qui s'estimaient floués, l'épuration avait été une période propice pour éliminer un intrus, liquider un acteur ou un témoin embarrassant, bref pour laver une vieille offense. On avait alors tant fusillé au nom de la justice, tant exécuté en cachette ou au grand jour sans avoir de comptes à rendre. Alors, pourquoi aurait-on attendu si longtemps ? Et si le passé ne constituait qu'une toile de fond ? Si, plus prosaïquement et plus simplement, les fouilles entreprises récemment gênaient quelqu'un ? Cependant, déposer un cadavre sur les lieux les retarderaient tout au plus, mais en aucun cas n'y mettraient un terme définitif. C'était se donner beaucoup de mal pour pas grand-chose.

Varenne arriva peu après. Il avait profité de la soirée pour dresser des fiches avec méthode et application, tentant ainsi de mettre de l'ordre dans toute cette histoire.

- Il fallait que je m'occupe d'une manière ou d'une autre, annonça-t-il. Ce silence, quand Clotilde et les enfants sont absents, est insupportable. Vivement la fin des vacances !

Toutes les informations sur Robin Ségur demeuraient valides jusqu'à la date à laquelle il avait quitté la clinique. Après, c'était le trou noir, exception faite que son corps venait d'être repêché dans la Méditerranée. En ce qui concernait l'homme de Chronos NCA, son nom restait à découvrir. Son parcours n'était connu que depuis qu'il avait endossé le costume du premier. Il était sans doute un peu escroc sur les bords, mais n'avait rien commis de répréhensible selon la loi ces derniers mois. Il n'allait pas risquer de tomber pour du menu fretin. Nul ne devait douter de sa nouvelle identité, c'était la seule chose qui importait. Il était évident maintenant que sa personnalité ne cadrait nullement avec celle de l'ancien cardiologue. Celui-ci était décrit comme un homme agréable et discret alors que l'autre apparaissait manipulateur et suffisant.

La montre Breguet aussi eut droit à une fiche à son nom. Car sans elle, le dossier aurait été classé. Il était confirmé que Robin Ségur ne s'en était jamais séparé. Heureusement que l'objet n'avait pas été évoqué devant l'homme de Chronos NCA ! Il aurait sans doute fait le rapprochement. Il ne pouvait ignorer que celui dont il s'était approprié l'état civil en possédait une. Pour l'instant, il devait croire les enquêteurs rassurés sur son activité, unique but de leurs visites. Il habiterait l'appartement encore quelques temps, histoire que les choses se tassent. Mais il préparait déjà certainement sa sortie. Le compte à rebours avait commencé.

Les lieutenants débarquèrent à la boutique à midi. Ils pensaient être les seuls à détenir l'information exclusive qui allait faire toute la différence et avaient organisé leur démonstration de manière théâtrale, avec un début vite expédié et une fin en apothéose. Lalande informa d'abord le commissaire sur le parcours de Rémi Fursec, l'employé de Chronos NCA :

- Élève moyen. Bac, trois années de fac, dont deux fois la seconde. Il a finalement laissé tomber l'ethnologie pour passer un CAP d'horlogerie. Excellentes notes des professeurs. Très doué, talent prometteur selon son directeur de stage. Robin Ségur est son premier employeur.

- Et il habite bien à l'adresse qui figure sur ses papiers ? interrogea Levigan.

- D'après sa maîtresse, Charlène Ribot, oui, intervint Tinelli. Il rentre bien sagement au bercail tous les soirs, à part une ou deux nuits par semaine qu'il passe chez elle.

Évidemment ! Il avait dû lui faire réciter sa leçon.

- C'est quel genre de femme ? poursuivit le commissaire.

- Vendeuse dans une boutique de vêtements de luxe. La trentaine bien sonnée. Plutôt pas mal, enfin pour ceux qui aiment les dorures, avança Tinelli.

Levigan se demanda ce qu'il entendait par là :

- C'est-à-dire ?

- La dame fait dans le voyant. Dans le clinquant et le maquillage marqué. Dans la teinture de cheveux et les lèvres gonflées. Pour vous donner une idée, c'est le contraire de Lalande, Commissaire. Enfin, sans vouloir offenser le lieutenant ici présent.

Lalande ne s'en formalisa pas. Elle comprit même que c'était un compliment. Elle connaissait la maladresse de Tinelli, sa façon de parler un peu à tort et à travers, le manque de nuances dans ses propos. Mais il ne voulait blesser personne. À force de faire équipe avec lui, elle s'était habituée à son côté rustaud où pointait quand même une certaine tendresse. Elle enchaîna :

- Elle nous a confirmé que Robin Ségur était dans les affaires et qu'il avait été cardiologue. Il se rend parfois à Toulouse. Mais elle préfère ne pas se mêler de sa vie professionnelle. Elle n'était même pas au courant de l'existence de la SARL Chronos NCA. Ils se fréquentent depuis moins d'un an.

- Bien. Et alors, les parents de Robin Ségur ce matin ?

- D'abord, il n'y a aucun appel entre eux dans un sens ou dans l'autre sur la dernière année, continua-t-elle.

- Logique ! Donc, ils n'ont plus de nouvelles de lui ? taquina le commissaire.

- Justement, c'est là que ça devient bizarre, déclara Tinelli.

Levigan préféra ne pas anticiper, afin de ne pas leur gâcher le plaisir de la surprise.

- En fait, ils reçoivent bien des nouvelles de leur

fils, des nouvelles de Montréal où il exerce d'ailleurs toujours la médecine. Alors, soit il leur fait croire qu'il vit là-bas et remet ses cinq ou six lettres annuelles à quelqu'un qui les expédie de l'autre côté de l'Atlantique, soit…

Lalande hésita à poursuivre. Tinelli se montra galant :

- Vas-y, toi !

- Nous pensons, Commissaire, que le Robin Ségur de Nice a usurpé l'identité du vrai, exilé au Canada depuis sa démission de la clinique.

- Il n'a pas réellement démissionné, nota Levigan qui s'attachait toujours au moindre détail.

- Si vous voulez, mais maintenant, nous savons que l'homme de Chronos NCA n'est pas Robin Ségur ! répéta-t-elle pour s'assurer qu'il avait saisi l'importance de la révélation.

- Lieutenants, vous avez bien travaillé ! Nous l'avions envisagé, Varenne et moi, mais grâce à vous, il n'y a plus de doute possible.

Lalande lui tendit alors une photo.

- Voici un portrait du vrai Robin Ségur que nous avons emprunté à ses parents.

Le commissaire observa le cliché avec attention. Il découvrit un visage raffiné et souriant. Des cheveux bruns, légèrement grisonnants au niveau des tempes. Des yeux noisette et des pommettes saillantes. Une expression de gentillesse émanait de l'ensemble de ses traits.

Ils en arrivaient donc tous à la même conclusion. Robin Ségur avait rencontré l'homme de Chronos NCA avant la création de la société puisqu'elle était déclarée au nom du premier. Ils avaient sans doute fait connaissance via le monde de l'horlogerie. L'un collectionnait les montres, l'autre en achetait et en vendait, entre autres activités qui devaient frôler le trafic d'objets d'art. Robin Ségur avait ensuite perdu son fils, son travail, s'était installé dans le quartier de la cathédrale russe, était parti au Canada après avoir cédé son appartement à Chronos. La transaction s'était peut-être faite en liquide. Et l'imposteur s'était bien gardé de déclarer chez un notaire qu'il était le nouveau propriétaire. Il avait ensuite fait établir des papiers pour se faire passer pour le cardiologue. Ainsi avait commencé cette mascarade qui durait depuis plus d'une année.

- On laisse Chronos dans la nature ? Usurpation d'identité, ça va chercher loin quand même ! s'exclama Tinelli.

- Pour l'instant, oui. Il nous en apprendra plus sur le meurtre dehors qu'à l'intérieur de nos murs.

- Parce qu'avec ses empreintes digitales, s'il est fiché, nous saurons vite à qui nous avons affaire, insista Lalande.

- Ce sera notre dernier recours, confirma Levigan. Laissons-lui un peu de temps. Si nous avons de la chance, il commettra une erreur. Vous allez le suivre pour voir s'il choisit l'option du profil bas ou s'il fomente déjà un plan pour fuir.

- Et si, par hasard, nous tombons sur un objet exploitable pour une analyse ADN, nous n'hésitons pas ?

- Non seulement, vous n'hésitez pas, mais je vous encourage même vivement à provoquer ce hasard.

Levigan marqua une pause. Il nota quelques mots sur son carnet de moleskine, réfléchit un instant, puis demanda :

- Quand Robin Ségur s'est-il exilé au Canada ?

- Il a cessé d'exercer en novembre, et il est parti en janvier de l'année dernière.

- Vous allez aussi vous procurer tous les listings des passagers en provenance de Montréal via Londres et Paris autour de la période du décès donnée par le légiste et passer un coup de fil aux agences de location de voitures autour de l'aéroport.

Le scénario commençait à s'échafauder dans l'esprit du commissaire. Chronos encourage Robin Ségur à quitter la France. Mais si ce n'est pas pour l'escroquer, pourquoi tient-il tant à s'approprier son état civil ? En tout cas, il lui achète son appartement, lui remet la somme d'une manière ou d'une autre, tout en lui assurant qu'il finalisera lui-même la transaction dans les meilleurs délais pour ne pas retarder son départ. Pour cela, il a besoin de sa carte d'identité, de ses factures de gaz et d'électricité, documents qu'il promet de lui renvoyer dès que la vente deviendra officielle. Comme le médecin reçoit la somme convenue, il ne se méfie pas, et comme il n'a pas porté plainte pour vol, il a bien reçu ses papiers quelques semaines plus tard. Rien ne pressait de toute façon, il voyageait avec son passeport.

Ensuite, il a suffi à Chronos de se faire établir une carte d'identité avec une nouvelle photo et de ne plus jamais croiser quelqu'un connaissant Robin Ségur. Il ouvre un compte dans une autre banque, où personne ne l'a jamais vu, et crée sa société avec les faux papiers, ce qui s'avère tout à fait aisé puisqu'on ne lui demande guère que des photocopies. À partir de là, Robin Ségur continue d'avoir une raison sociale en France et des revenus. L'entreprise ne rapporte pas grand-chose mais elle ne constitue en fait qu'une couverture.

Il restait à déterminer la nature de leur relation. Chronos était-il parvenu à entrer dans le cercle des amis du médecin ?

- Nous allons aussi creuser du côté de la clinique, indiqua Levigan soudain sorti de ses pensées. Les circonstances du départ du cardiologue restent obscures. Après avoir remonté la pente, il aurait pu vouloir revenir la tête haute et chercher à faire éclater la vérité, ce qui aurait fortement déplu à certains.

- Commissaire, articula Lalande doucement, nous n'avons pas révélé le décès de Robin Ségur à ses parents. Nous attendions d'être vraiment certains.

- Je comprends, Lieutenant. Je m'en charge.

Il arrivait à Levigan de détester son travail. Et c'était lorsqu'il annonçait aux familles la mort d'un proche qu'il le ressentait le plus intimement. Il ne s'était jamais habitué à lire la détresse et l'incompréhension dans le regard de ceux qui, en une seconde, avaient tout perdu.

Chapitre 11

Le soir était tombé sur Nice. Le ciel bleu, devenu rose et doré, s'était lentement assombri autour de la lune argentée. Les lumières de la ville s'étaient allumées, d'abord pâles puis plus intenses. La mer n'était plus qu'une vaste étendue ténébreuse, s'avançant sur les galets en mouvements longs et sonores. Assis sur une chaise de la Promenade des Anglais, Levigan contemplait l'immensité en pensant à Laura.

Il regarda l'heure, se leva, et marcha dans la nuit jusqu'à la clinique. Les deux infirmières présentes le soir de la mort d'Emma Boissière étaient de garde, et il souhaitait vérifier si leur version corroborait celle du directeur, le docteur Ghislain Doviny. Une demi-heure plus tard, il arrivait devant l'établissement. Varenne, plongé dans un roman de Simenon, comme à son habitude, l'attendait dans la voiture pour échapper quelques minutes encore, expliqua-t-il, au violent éclairage du hall d'entrée plus pénible à cette heure tardive que pendant la journée.

Les deux infirmières étaient installées dans la salle de repos. Anouk Ferrant, quarante-quatre ans, au physique soigné et sec, semblait mal à l'aise. Edith Gramont, vingt-sept ans, un peu ronde, les cheveux blonds coiffés en queue de cheval, répétait qu'elle ne se rappelait plus exactement comment les choses s'étaient déroulées.

Selon elles, Robin Ségur était un très bon médecin, très apprécié par ses patients comme par le personnel.

- Nous avons tous regretté qu'il nous quitte, déclara

Anouk. Il consacrait parfois trop de temps aux malades, ce qui agaçait le directeur : « Nous sommes là pour les soigner, pas pour leur tenir la main », s'irritait-il. Ségur répondait que l'un n'empêchait pas l'autre. Ils n'avaient pas la même vision de la médecine.

Après la mort de son fils, il s'était jeté dans le travail à corps perdu, pour éviter les moments de solitude, pour éviter de penser. À cause de problèmes de concentration, il n'opérait plus, mais ce n'était que provisoire.

- Je crois même que..., hésita Edith.

- Il s'était mis à boire, compléta Anouk. Mais attention, cela n'a jamais altéré son jugement. À la clinique, il était toujours sobre.

- Jusqu'au jour où il n'est pas parvenu à ranimer Emma Boissière ? interrogea Varenne.

- Ah, non ! s'emporta Edith. Ne nous faites pas dire ce que nous n'avons pas dit ! Chacun s'organise comme il peut. Pour certains, ce sont les antidépresseurs, pour d'autres des séances chez un psy. Lui, c'était l'alcool. Et comme il n'avait pas l'habitude puisque, avant, il ne buvait quasiment jamais, une petite quantité devait suffire à l'endormir. Parce qu'en fait, c'était ça pour lui ! Un somnifère de substitution !

- Mais alors, que s'est-il passé ? s'enquit le capitaine.

- Tout est dans le dossier médical, trancha Anouk.

Levigan sentait un trouble mal contenu. Les infirmières jouaient au chat et à la souris. Il leur dévoila alors le véritable motif de l'entretien :

- Mesdames, j'ai le regret de vous informer que nous n'enquêtons pas sur une négligence médicale mais sur un homicide.

- Mais personne n'a tué Emma Boissière ! répliqua Anouk.

- Sans doute. Mais Robin Ségur, lui, a été victime d'un meurtre. Et votre silence ne plaide pas en votre faveur.

Les infirmières pâlirent, manifestement bouleversées.

- Comment est-ce possible ? articula Edith, un sanglot dans la voix.

- Il est mort le mois dernier. Son cadavre a été repêché en mer.

- C'est Doviny qui l'a tué ?

Anouk lui lança un regard noir de désapprobation.

- Et pourquoi donc aurait-il voulu le tuer ? demanda Varenne.

- Si vous venez nous interroger, j'en déduis que… , s'excusait déjà la jeune femme.

- N'en déduisez rien, interrompit le capitaine. Répondez seulement à nos questions, s'il vous plaît.

Alors, Edith raconta tout, malgré l'expression de plus en plus interdite d'Anouk, dont les traits se décomposaient progressivement. Elle en avait assez de jouer la comédie. Elle se doutait que cela finirait mal, car le passé ne reste jamais enfoui bien longtemps. Et si maintenant, il y a avait mort d'homme, le secret devait être révélé. Elle n'avait jamais voulu porter préjudice à qui que ce soit. Au contraire, elle avait toujours su que sa place était auprès des malades. D'ailleurs, elle s'était d'abord inscrite en médecine. Mais après la première année, elle avait abandonné, découragée par le niveau exigé. Après des études d'infirmière, elle était entrée à la clinique et Robin Ségur l'avait accueillie avec une grande bienveillance. Lorsque les doutes la minaient, il la rassurait : « C'est normal, c'est le métier qui rentre. Vous vous en sortez très bien. », tandis que Doviny lui ordonnait de s'endurcir : « Il n'y a pas de place pour les midinettes, ici. La maladie, c'est la guerre ! ».

Quand Robin Ségur avait arrêté la chirurgie, il avait été question d'engager un autre spécialiste. Mais la situation ne devant pas perdurer et les formalités étant longues et compliquées, le directeur, en attendant, gardait les cas les plus intéressants qu'il se partageait avec le docteur Bruges, le troisième cardiologue de l'établissement, et envoyait les autres se faire opérer ailleurs. Pour Emma Boissière, Ghislain Doviny avait hésité. Mais Robin Ségur lui faisait confiance. Alors la décision avait été prise d'admettre la jeune fille à la clinique où elle avait l'habitude d'effectuer ses examens. Pendant l'intervention, elle avait souffert d'une hémorragie bientôt résorbée. Elle avait ensuite été transférée aux soins intensifs, progressivement réveillée, et sevrée de la ventilation artificielle. Le surlendemain, elle avait rejoint l'unité d'hospitalisation, et c'est ce soir-là qu'elle avait succombé.

Edith s'arrêta un instant et regarda Anouk, comme pour obtenir l'autorisation de poursuivre mais en vain. Elle continua néanmoins :

- Robin Ségur n'y est pour rien dans ce qui s'est passé ce soir-là.

- Vous pouvez préciser ? insista Varenne.

- C'est Doviny qui était de garde.

- C'est donc lui qui n'est pas parvenu à réanimer Emma Boissière.

- Non, il n'était pas là non plus.

Le directeur était parti vers 21 heures 15. « Je dois m'absenter une vingtaine de minutes », avait-il annoncé avec un air tourmenté, sans autre précision. C'était calme à la clinique ce soir-là. Quand Emma Boissière avait eu son malaise, les infirmières avaient fait le nécessaire, mais son état s'aggravait de minute en minute. Anouk avait d'abord appelé Doviny, sans réussir à le joindre, puis Robin Ségur qui, par chance, se trouvait chez lui. Il était arrivé sur place un quart d'heure plus tard. Mais il n'avait pu que constater le décès. C'est donc lui qui avait signé le certificat. Et le directeur, réapparu cinquante minutes plus tard, en avait profité pour changer le nom sur la feuille de présence.

- Après, il nous a dit que de toute façon, Ségur voulait quitter la clinique et qu'il s'était arrangé avec lui, qu'il comptait sur notre discrétion, d'autant que tout cela était un peu notre faute. Des infirmières qualifiées auraient dû faire face à ce genre de situation.

- Et Bruges, le troisième cardiologue ?

- Il était aux États-Unis depuis le début de la semaine. Il participait à un congrès. Je suppose que Doviny lui a servi la version officielle et qu'il n'a jamais rien su, répondit Anouk.

Une sonnerie retentit dans la pièce. Edith se leva. Les enquêteurs sortirent en premier et aperçurent dans le couloir un voyant lumineux qui clignotait au-dessus de la porte d'une chambre. Ils saluèrent les infirmières et quittèrent l'établissement. Varenne raccompagna le commissaire en voiture, roulant dans les rues que la nuit avait transformées en lignes désertes et silencieuses.

Le lendemain, Levigan se rendit chez les parents de Robin Ségur qui habitaient une maison de la rue Auguste Renoir. Autrefois, celle-ci donnait sur la mer. Puis, les immeubles de la rue de France avaient été construits, obstruant la vue. Il poussa le portail entrouvert et traversa le jardin qui menait à la petite bâtisse.

À l'intérieur, un chien aboyait. Un homme de plus de quatre-vingts ans, aux yeux clairs et vifs, ouvrit et l'invita à entrer. Son épouse, environ du même âge et marchant à l'aide d'une canne, vint à leur rencontre. Ils passèrent à la salle à manger où un grand buffet en bois verni, une table et quatre chaises assorties occupaient la majeure partie de la pièce. Des rideaux brodés ornant la fenêtre tamisaient la lumière du soleil.

- Asseyez-vous, Commissaire, le pria madame Ségur en prenant place à côté de son mari.

Levigan s'exécuta en silence, tandis que le petit chien blanc s'installait aux pieds de ses maîtres.

- Lorsque, ce matin, nous avons reçu votre coup de fil annonçant votre visite, nous avons compris que ce n'était pas bon signe, commença monsieur Ségur. Il est arrivé quelque chose à Robin ?

Le commissaire avait tourné et retourné les mots mille fois dans sa tête pour trouver ceux qui ménageraient ses hôtes le plus possible. Mais la réalité demeurait la même. Leur fils était mort. Leur fils était mort, assassiné. Leur fils était mort, assassiné, et son corps, méconnaissable, avait été retrouvé dans la Méditerranée. Faisant abstraction de ces images lui venant à l'esprit, Levigan leur livra la mauvaise nouvelle le plus délicatement possible.

- Notre petit-fils. Maintenant, notre fils, souffla le vieil homme.

- J'aurais quelques questions à vous poser mais je reviendrai, indiqua Levigan doucement.

- Non, restez ! Nous aussi, nous voulons savoir, l'implora madame Ségur.

- Nous avons identifié votre fils grâce à sa montre. Il possédait bien une Breguet ?

- Oui, un modèle avec « petite seconde », aimait-il

préciser, et un bracelet bleu marine. C'était un rêve pour lui depuis longtemps.

Le commissaire les entretint ensuite de Chronos et de ce modèle squelette que l'usurpateur arborait si fièrement.

- Ah oui, l'horloger ! Nous l'appelions entre nous l'horloger. Robin, je crois, n'a jamais prononcé son nom. Il nous l'a présenté comme un marchand d'art d'origine canadienne. C'est tout ce que nous savions sur lui.

Robin Ségur l'avait connu cinq ans auparavant lorsqu'il lui avait vendu la montre ancienne via un hôtel des ventes. Ils s'étaient ensuite revus régulièrement. Ils n'étaient pas vraiment amis mais leur passion commune pour l'horlogerie les rapprochait. Ils échangeaient avec plaisir sur l'inventivité des anciens mouvements, l'ingéniosité des nouveaux, sur l'évolution de telle maison, et ils écumaient les expositions ensemble. De plus, Robin avait souvent voyagé au Canada, et comme l'horloger venait de Montréal...

Quand son fils était parti en Afghanistan, le cardiologue avait mis en vente sa villa de Cimiez dont la plupart des meubles avaient été emportés par sa femme au moment du divorce. Il avait alors prévenu le locataire d'un trois-pièces acheté juste avant son mariage qu'il souhaitait désormais habiter l'appartement. Les délais légaux avaient fait traîner les choses et il n'avait récupéré son bien qu'en novembre, juste après son licenciement.

Quand il avait été évincé de la clinique, ses parents s'étaient étonné qu'il se résignât si facilement à cette mise à l'index. Mais voilà ce qui arrivait lorsque l'on tirait sur un homme à terre ! Il acceptait certaines choses, pourtant inconcevables avant. Désormais privé de son fils, dont il était très proche, tout lui était égal. Il s'en voulait d'autre part de n'avoir pas opéré lui-même Emma Boissière. Il se sentait presque coupable de sa mort. S'il ne s'était pas laissé aller depuis des mois, s'il s'était repris, s'il avait réagi, les choses auraient été différentes, pensait-il.

- Il était très attaché à elle. Il la soignait depuis toute petite et elle avait le même âge que Julien, expliquait monsieur Ségur.

Il avait commencé à prospecter pour trouver une place dans une autre clinique tandis que débutaient les travaux pour remettre à neuf l'appartement du quartier Tzarewitch. L'horloger lui avait alors suggéré de s'installer au Canada. Grâce à un nouveau programme instauré par le gouvernement, il lui promettait l'obtention des équivalences de diplômes sans difficulté. Il connaissait des gens à Montréal qui pouvaient l'aider. Robin hésitait. Mais l'horloger avait tant insisté, l'avait tant encouragé, que leur fils avait fini par croire que c'était peut-être une solution.

- Tout recommencer ailleurs. Une belle illusion ! se désola monsieur Ségur.

Et à Noël, l'horloger lui avait offert un billet d'avion pour le nouveau monde. Il lui proposait de racheter l'appartement du quartier de la cathédrale russe dont les travaux allaient bientôt être achevés, et si la transaction n'était pas réglée avant son départ prévu un mois plus tard, il s'occuperait de tout. Robin n'avait finalement quitté la villa de Cimiez que lorsque les nouveaux propriétaires avaient emménagé en janvier et n'avait donc passé que quatre ou cinq jours dans son nouveau logement.

Puis il était parti. Il avait rapidement trouvé un pied-à-terre et un poste de cardiologue dans un cabinet que se partageaient trois médecins dont l'un connaissait l'horloger. Il se plaisait là-bas. Il connaissait bien la ville. Mais l'hiver n'en finissait pas. Et la mer lui manquait. Les mois avaient passé, l'été, l'automne. Début décembre, ses parents avaient reçu une lettre annonçant son retour pour les semaines à venir, sans date déterminée, puis un coup de fil le 1er janvier. « Je mets les dernières choses au point », avait-il déclaré. Leur dernier contact avec lui.

Date : 16. Heure : 17. Minute : 03 passée. L'existence de monsieur et madame Ségur avait définitivement basculé.

Chapitre 12

À qui profite le crime ? La même sempiternelle question revenait inlassablement. Simple dans la formulation. Lumineuse dans la signification. Et pourtant…

Levigan avait envie de marcher, de profiter encore de la lumière dont la dernière heure arrivait. Il emprunta la rue de France jusqu'à la rue Halévy, et fit demi-tour sur la Promenade des Anglais. L'air se rafraîchissait au fur et à mesure que le soir approchait. Juste après le Negresco, à la hauteur de Neigeline, sur le verdoyant terre-plein central de la route du bord de mer, il aperçut une ombre attendant au feu pour traverser. Saisi, figé, il sentit son cœur s'affoler, puis s'arrêter. Une silhouette élancée, des cheveux bruns et longs, un air rêveur, une redingote, un sac qui ressemblait à une musette militaire. L'avait-elle vu ? Il parvint à avancer de quelques mètres. L'apparition s'engagea sur la route, se détacha du contre-jour. Non. Ce n'était pas Laura. Le commissaire resta immobile un instant. Ce fol espoir qui n'avait pas duré plus de deux ou trois secondes l'avait dévasté.

Levigan rentra chez lui la mort dans l'âme. Tempus et Fugit terminaient leur sieste de l'après-midi. Aussi prit-il garde de ne pas faire trop de bruit en se déplaçant dans le salon afin de ne pas troubler leur sommeil. Pour se détacher de cette vision fantomatique qui l'avait suivi jusqu'à son appartement, il consulta à nouveau les documents sur le Casino de la Jetée-Promenade. Même si rien n'assurait que le corps avait été déposé à cet endroit, puisqu'il avait pu dériver avant de s'y retrouver coincé dans un morceau de filet de pêche, le commissaire se refusait à imaginer que le lieu ne possédât aucun lien avec l'affaire. Peut-être son esprit romanesque le ramenait-il trop volontiers à ce point de départ mais il ne disposait, pour l'heure, d'aucun autre indice géographique.

Lors de sa visite chez les parents de Robin Ségur, il n'avait osé orienter la conversation sur le petit chien couché à leurs pieds. Pourtant, l'animal ressemblait fort à la figurine en cristal retrouvée sur le corps. Mais le contexte de l'entretien rendait ce détail dérisoire. L'évoquer eut été déplacé. L'objet brillait de toutes les nuances de l'arc-en-ciel sous l'éclairage de la lampe Tiffany. Levigan se demandait s'il existait aussi des rats dans cette même collection. Si c'était le cas, ils devaient être bien jolis.

Il téléphona à Timothée Destrier. Le lieutenant de gendarmerie maritime lui apprit qu'il était délaissé par son épouse pour un récital à l'Opéra dont une amie à elle avait obtenu deux billets au dernier moment. Levigan lui proposa alors de déplacer le dîner, prévu initialement à la caserne, chez lui. Après avoir lu et relu les éléments du dossier, il commença à préparer l'apéritif. Tempus et Fugit étaient réveillées et prenaient maintenant un malin plaisir à courir autour de ses pieds si bien que chaque pas relevait d'un exercice d'équilibriste. Il fit chauffer des bouchées feuilletées aux olives, tomates et ricotta, et les disposa dans un plat bleu rectangulaire qu'il laissa sur le buffet de la cuisine afin de le rendre inaccessible à ses petites rates. Elles avaient senti l'appétissant fumet se répandre dans la pièce et tentaient par tous les moyens de s'approprier leur part d'amuse-bouches.

À 20 heures, Timothée Destrier sonnait à la porte. Levigan lui ouvrit immédiatement et l'invita à s'installer. Sur la table basse du salon, il posa une bouteille de Saint-Émilion, les verres et le plat. Il donna à Tempus et Fugit une bouchée feuilletée chacune. Elles s'enfuirent avec leur trésor, le posèrent dans leur ramequin, et revinrent à la charge presque aussitôt. Le commissaire les attrapa doucement et les remit dans leur cage où elles se délectèrent des saveurs d'olive qu'elles adoraient. Il referma la porte et s'occupa de la bouteille. Timothée Destrier demanda alors :

- Laura n'est pas là ?

- Non. Pas de Laura. Plus de Laura, articula lentement Levigan.

- Et toi ?

- J'attends et j'espère, répondit-il, tandis qu'il versait le vin dans les verres.

- Comme Monte-Cristo ?

- Comme Monte-Cristo.

- Remarque, tu lui ressembles un peu, commenta le lieutenant en souriant.

Les deux amis trinquèrent, puis échangèrent quelques nouvelles. La lumière feutrée se mariait bien au Saint-Émilion. La soirée était délicieusement silencieuse au dehors. Les hauts plafonds et les grandes fenêtres voilées de rideaux presque transparents, le lustre en cristal, le canapé de style Louis XVI, les bibliothèques autour, tout dans le décor semblait appartenir à un espace hors du temps.

- Alors comme ça, ta femme t'a abandonné ce soir ? plaisanta le commissaire.

- Eh oui, pour Chopin ! Je ne pouvais que m'incliner !

- En effet, là, inutile de lutter ! Le récital est à

l'affiche pour combien de temps encore ?

- Ah, je savais que ça tenterait ! Jusqu'à la fin de la semaine, je crois.

Levigan soupira :

- Avec l'enquête, ça va être juste !

- Nous aussi, en ce moment, nous sommes débordés. Tu te rappelles la plongeuse portée disparue non loin de la côte il y a trois mois ?

- Vous l'avez retrouvée ?

- Oui, à Malte ! J'ai pensé à toi, comme tu aimes bien le coin.

- Ah oui, j'y ai passé de beaux moments.

- Alors évidemment, au niveau administratif, ça complique tout.

Après un deuxième verre, ils en vinrent tout naturellement à parler de l'affaire du Casino de la Jetée-Promenade. Le commissaire souhaitait que Timothée se renseignât sur les mouvements des bateaux le jour du crime. Il lui communiquerait la date le lendemain, dès qu'il aurait pris connaissance des résultats des investigations de Lalande et Tinelli auprès des compagnies aériennes. Le lieutenant de gendarmerie maritime semblait confiant. Entre les caméras de surveillance fonctionnant vingt-quatre heures sur vingt-quatre sur le port et les témoins éventuels, il obtiendrait certainement quelques informations utiles.

Levigan prépara des spaghettis tomate basilic. Il sortit deux coupelles en plastique et déposa quelques pâtes nature à l'intention de Tempus et Fugit, puis prépara les assiettes. Timothée se régala, mais renonça à féliciter son ami car il craignait de lui rappeler les ardents compliments invariablement adressés par Laura à chaque fois qu'il cuisinait ce plat.

À la fin du dîner, le commissaire déclara qu'il avait remis le permis d'inhumer aux parents de Robin Ségur. Le lieutenant de gendarmerie maritime enchaîna alors :

- Tu sais, j'ai discuté avec mon fils. Figure-toi que sa mission en Afghanistan a coïncidé avec celle de Julien Ségur, le fils de la victime.

Levigan se souvenait de la période si difficile que son ami avait alors vécue. Les nouvelles n'arrivaient que parcimonieusement. Pendant six mois et demi, Tristan avait vécu dans des conditions épouvantables, dans un autre monde. Des kilomètres et des kilomètres dans les montagnes nues à progresser sous une chaleur accablante, à voir les autres tomber, en se demandant à chaque fois s'il ne serait pas le prochain sur la liste. Et ici à Nice, le vide, la peur, le silence.

Tristan s'était pris d'amitié pour Julien Ségur. Il était à peine plus âgé que lui mais l'armée faisait partie de lui depuis toujours. Bien sûr, on n'est jamais préparé à affronter une telle expérience, même lorsque l'on est issu d'une famille qui a servi la France depuis des générations. Julien Ségur devait pour sa part s'adapter à un univers profondément différent de celui dans lequel il avait évolué jusqu'alors. Cependant, il faisait montre d'une volonté et d'un courage à toute épreuve. Cette mission en Afghanistan, c'était le baptême du feu.

- Et il y a eu cette embuscade. D'abord, trois heures de route pour faire quarante kilomètres. Puis une vingtaine d'hommes sont descendus des véhicules pour poursuivre l'opération de quadrillage et de reconnaissance à pied. Huit sont restés en bas pour les couvrir, dont Tristan et Julien. Lorsque les premiers sont arrivés à cinquante mètres de la ligne de crête, des tirs se sont fait entendre. Les insurgés avaient attendu le passage du col pour ouvrir le feu. Cela allait durer six heures, jusqu'à la nuit. Le chef de section a tout de suite été blessé. En bas, une roquette a explosé. Puis une seconde, à vingt mètres derrière eux. Ils se sont mis en place pour tenter d'atteindre leurs cibles et ainsi permettre à leurs compagnons de redescendre. Les Talibans étaient cent cinquante. Ils s'approchaient au maximum pour perturber la riposte aérienne. Peu à peu, toute la patrouille a été encerclée. Quatre blessés de l'avant-garde, touchés dans les premiers, sont finalement arrivés. Julien Ségur est allé les récupérer. C'est à ce moment-là qu'il a reçu une rafale. Il est tombé aussitôt. Le blindé avait les quatre pneus crevés, le blindage transpercé, et la radio était HS. Tristan a mis trois heures pour ramener les blessés à une base arrière où un hôpital militaire de campagne avait été dressé. Julien Ségur est mort pendant le trajet.

Levigan pensait soudain au Tristan souriant et affable, partageant son temps libre entre les soirées avec son amoureuse, les séances de cinéma, les sorties entre amis, les pique-niques sur la plage au printemps et les bains de mer en été. Une vie en apparence si insouciante. Et ce même Tristan avait connu la guerre. Il avait quitté le soleil de la Côte d'Azur pour l'air irrespirable de l'Afghanistan, pour des terres arides et hostiles. Il avait transporté ses frères d'armes entre la vie et la mort dans un blindé à l'agonie, sous les tirs croisés, aveuglé par le feu des explosions, dans le sifflement des balles et l'odeur du sang.

Et Timothée, toujours digne, taisait son inquiétude, même si, secrètement, il devait imaginer le pire, surtout quand la mort frappait si près. Lui seul pouvait vraiment comprendre la douleur de Robin Ségur dont le fils avait rendu son dernier soupir au milieu de cet enfer, sans un mot tendre, sans une main caressante, parce que l'urgence était de le sortir de là, de lui sauver la vie.

Le lieutenant poursuivit son récit. Julien Ségur s'entendait très bien avec son père. Après le divorce, il avait choisi de continuer à habiter dans la villa où il avait grandi, avec lui. Il déplorait simplement qu'il ne se montrât pas plus combatif envers le directeur de la clinique. Sa tendance à la concession, toujours pour le bien des patients, conduisait son supérieur à profiter de son pouvoir plus que de raison. Le jeune homme était à la fois très mature dans ses réflexions et très proche de sa famille, très attaché à son enfance. D'ailleurs, une plaisanterie circulait au sein de l'unité car son rêve de retour n'avait rien de commun avec celui des autres soldats. La plupart d'entre eux attendaient avec impatience de retrouver l'ivresse des soirées animées et des sorties avec les filles. Julien Ségur, lui, avait hâte de retrouver son chien !

- Un petit chien blanc ?

- Ah, ça, je ne peux pas te dire.

- Je l'ai vu cet après-midi, chez ses grands-parents. Ils ont dû le récupérer au moment du départ pour l'Afghanistan. Le père ne pouvait sans doute pas s'en occuper, à cause de ses horaires. Attends, je reviens…

Levigan alla chercher dans le bureau la figurine en cristal.

- Regarde ! C'était dans la poche intérieure de la veste de Robin Ségur.

Timothée saisit l'objet et l'observa, sceptique :

- Il n'était pas enveloppé ? Pas de boîte, de papier de soie ?

- Non, rien du tout.

- Donc, Robin Ségur ne venait pas de l'acheter, ni de le recevoir en cadeau, d'autant que l'oreille est abîmée. Des empreintes ?

- Justement, non. Comme si le meurtrier avait voulu effacer ses traces.

- Nous ne sommes guère plus avancés !

- « Rien n'est voilé qui ne sera révélé, rien de caché qui ne sera connu », conclut mystérieusement Levigan, avant une dernière gorgée de Saint-Émilion.

Chapitre 13

Le lendemain matin, à la première heure, alors que le soleil jouait les belles endormies prêtes à se dérober ainsi jusqu'au soir, Varenne entra dans le bureau du commissaire. Avant de s'asseoir, il ne manqua pas de s'arrêter devant la fenêtre pour observer le ciel incolore qui lui rappelait l'atmosphère de certains romans de Simenon. Les lieutenants prirent place à leur tour. Lalande repoussa une fine mèche de cheveux qui glissait sur son front, consulta ses notes, et livra ses impressions.

Chronos avait passé le plus clair de son temps chez lui depuis le début de la filature. Il devait sentir le piège se refermer. A priori, il ne savait pas que le corps du vrai Robin Ségur avait été retrouvé, ni qu'il avait été identifié. S'il n'était pas le meurtrier, il n'était pas impossible qu'il ignorât même sa mort. La presse n'avait pas divulgué le nom de la victime et ne consacrait plus la moindre ligne à l'affaire depuis des jours. En revanche, il devait bien se douter que Robin Ségur était revenu en France. L'ancien cardiologue avait dû le contacter. Mais pourquoi ne s'était-il pas rendu directement chez ses parents ? Pourquoi ne les avait-il pas prévenus de son arrivée ?

- Leur ligne téléphonique n'a-t-elle pas été coupée à cette période ? demanda Levigan.

- Comment ça ?

- C'est la seule explication possible. Robin Ségur aurait tenté de les appeler quelques jours avant son départ, et même ensuite de l'aéroport de Montréal ou de Nice, mais la ligne ne fonctionnait pas.

- Je vais me renseigner. Selon Air France, il a atterri le 18 janvier. Et il a en effet loué une voiture à sa descente de l'avion.

- Vous envoyez une équipe ratisser les endroits où le véhicule est susceptible d'être garé. Quartier Tzarewitch, Auguste Renoir, la clinique, et le port.

Mardi après-midi, après le briefing, les lieutenants s'étaient donc postés devant l'immeuble où habitait Chronos. Il devait redoubler de méfiance et peut-être se douter qu'il était épié. Il était sorti à 17 heures 10, avait pris sa voiture...

- Au fait, vous avez vérifié la plaque d'immatriculation ? interrompit Varenne.

- Oui, Capitaine, poursuivit-elle. Non seulement il avait récupéré l'appartement de Robin Ségur, mais il avait aussi racheté sa voiture. Donc, à moins d'une infraction au code de la route, tout était cohérent. Et encore, il a peut-être même poussé l'effronterie à se faire établir un faux permis de conduire au nom du cardiologue. Rien d'intéressant de ce côté-là !

- Donc, intervint Tinelli, il avait rendez-vous à une terrasse de café. Où ça ? Je vous le donne en mille ! En face du Palais de Justice ! Il y en a qui n'ont vraiment peur de rien ! Lalande avait suivi le véhicule dans le parking et moi, j'étais sorti au cas où il nous fausserait compagnie au sous-sol. Je l'ai vu remonter par les escaliers à côté du kiosque à journaux, traverser la place et rejoindre un type déjà installé. Je me suis assis à deux tables de là. Chronos me tournait le dos. Le hic, c'est que lui et son acolyte ont parlé anglais. Et hormis « My taylor is rich and my sister is not a boy », j'ai quelques lacunes ! J'aurais dû garder la voiture à la place de Lalande puisque notre lieutenant a passé plusieurs mois aux États-Unis quand elle était étudiante. Mais on ne pouvait pas imaginer une esquive linguistique, n'est-ce pas ?

Varenne pouffa. Tinelli le fixa avec étonnement, fit mine d'être offensé, se redressa sur sa chaise, et rétorqua :

- Mais qu'est-ce vous croyez ? Moi aussi, j'ai du vocabulaire ! Mais je ne le sors que pour les grandes occasions ! En tout cas, ils ne discutaient pas pour le plaisir de la conversation car ils ont réglé l'affaire en moins de dix minutes, comme s'ils mettaient au point les derniers préparatifs d'un mauvais coup ou d'une évasion. J'ai compris « week-end », et puisque nous sommes jeudi, j'en déduis qu'il va se passer quelque chose incessamment. Ils se sont levés et sont partis chacun de leur côté. J'ai attendu que Chronos redescende les escaliers et j'ai vidé le cendrier dans un sachet en plastique que j'avais dans ma poche, sous le regard ahuri des clients. Et je me suis éloigné, en prenant un air détaché.

Lalande, toujours dans le parking, avait continué la filature seule, tandis que Tinelli était rentré à la boutique pour faire envoyer les mégots au laboratoire de police scientifique. Chronos avait rejoint sa maîtresse chez elle, et deux heures plus tard, ils étaient ressortis pour dîner au restaurant. Le lieutenant prenait son mal en patience, cachée dans sa voiture garée quai des Deux Emmanuel, avec comme seule compagnie un panini froid et une demi-bouteille d'eau tiède. Soudain, elle vit sortir de l'établissement une femme et reconnut celle qu'elle enviait quelques minutes auparavant, l'imaginant savourer les meilleurs mets, tandis que le maître d'hôtel lui servait un grand cru. Pourtant, Charlène Ribot n'avait pas dû avoir le loisir de goûter grand-chose. Chronos apparut presque aussitôt pour la rattraper. Elle ne voulait rien entendre et continuait à marcher vers la station de taxis d'un pas décidé. De là où elle se trouvait, Lalande n'entendait que des éclats de voix et quelques bribes de mots. La porte de la première voiture claqua devant le visage de l'homme, et le taxi démarra. Chronos retourna dans le restaurant, sans doute pour récupérer son manteau, puis se présenta chez elle. Mais elle refusa de lui ouvrir. Après un arrêt bref à l'horlogerie, il était rentré se coucher.

- Ils vivent quel genre de relation ? interrogea Varenne.

- C'est devenu sérieux il y a environ six mois, répondit Lalande. « Avant, c'était chacun sa vie, avec toutes les incartades que cela permet. Du moment qu'il n'y a pas d'entourloupes et que tout le monde est d'accord, pourquoi pas ? » nous a-t-elle raconté. Puis leurs rapports sont devenus plus exclusifs, et à part quelques séjours de Chronos à Toulouse pour ses affaires, ils se voient beaucoup. Et ils mènent grand train.

Grand train ? Avec ce qu'ils gagnaient ? Ainsi, Chronos vivait de ses rentes. Avant d'usurper l'identité de Robin Ségur, il avait sans doute amassé des fortunes dans le trafic d'objets d'art, peut-être déjà dans le domaine de l'horlogerie en particulier.

- Et que fabrique-t-il lors de ses séjours à Toulouse ?

- Nous attendons la réponse, Commissaire. Les collègues sur place vont se renseigner.

Tinelli engagea la suite du récit :

- Hier matin, il n'a pas bougé de chez lui. Il a fait livrer des fleurs et un bijou à la donzelle qui ne travaille pas le mercredi. Il devait avoir quelque chose à se faire pardonner. Et sa stratégie a plutôt porté ses fruits parce qu'il a passé la soirée et la nuit chez elle. On est sentimental ou on ne l'est pas ! Cette fois, pas de crêpage de chignon. Enfin, rien vu de l'extérieur !

- Et l'après-midi ?

- Il a fait un saut à la banque. Il y a environ deux mille Euros sur son compte, montant constant depuis l'ouverture. Il retire de l'argent, sa société lui verse un petit salaire, et à la fin de chaque mois, il s'en sort à peu près avec cette somme. Hier, il a demandé à avoir accès à la salle des coffres-forts. Il en possède un, ce que nous avions remarqué en épluchant ses relevés parce que le prix de location du modèle grande taille ne passe pas inaperçu ! C'est risqué mais si personne ne le soupçonne de n'être pas Ségur, qui ira examiner le contenu ? En plus, c'est ultra-sécurisé ! Toujours est-il qu'il est entré avec deux mallettes et qu'il est ressorti avec les deux mêmes mallettes. On peut donc supposer qu'il les a remplies au passage.

- Il les aurait ensuite laissées chez lui ? s'étonna Varenne. Il est bien imprudent ! Ou alors, il ne les aurait pas remplies, mais vidées à la banque ? Mais ça ne tient pas ! Cet argent ou ces biens, où les aurait-il récupérés ? Et comment ? Avec la police dans les pattes, si la moindre affaire était en cours ces derniers temps, ce qui est peu vraisemblable, il aurait de toute façon reporté ou annulé toute transaction. En tout cas, une chose est sûre, il ne va pas traîner dans les parages !

- Et l'analyse ADN avec les mégots de cigarette ? s'enquit Levigan.

- Nous attendons les résultats, indiqua Tinelli.

Puis il tourna la tête et ajouta :

- Et oui, Capitaine, j'ai bien précisé que c'était urgent ! La brigade motorisée a aussitôt apporté les échantillons au biologiste du laboratoire de Marseille.

- Je n'ai rien dit, se défendit Varenne.

- Non, mais je vous connais ! Je préfère anticiper !

Le commissaire regarda Lalande, la discrète, qui s'amusait elle aussi de ces remarques apparemment désobligeantes mais dans le fond presque affectueuses.

- Bien ! Nous ne pouvons pas nous permettre d'attendre. Il faut coincer Chronos aujourd'hui, sinon il va nous glisser entre les doigts. Capitaine, vous accompagnez les lieutenants !

De son côté, Levigan entreprit une nouvelle visite aux bureaux d'Asmazur. Arrivé au bas du boulevard de Cimiez, il n'eut pas besoin de vérifier l'adresse pour retrouver l'immeuble. Il annonça à Oscar Jouve que les investigations en mer autour du Casino de la Jetée-Promenade avaient pris fin et que le chantier pourrait reprendre dès que son bateau aurait été inspecté. Le plongeur protesta. Mais le commissaire n'y prêta pas attention. Il n'avait que faire de son autorisation.

À travers la fenêtre, il aperçut à nouveau le petit jardin à l'abandon découvert la dernière fois, lorsque les rayons du soleil lui rendaient un peu de noblesse. Mais en ce jour de grisaille hésitante, la blancheur du ciel accentuait tristement son déclin. Le directeur des fouilles, qui n'avait pas revu ses collègues depuis la macabre découverte, semblait préoccupé :

- Et la victime ? questionna-t-il en fronçant les sourcils.

- Un cardiologue malheureux.

- C'était un suicide, alors ?

- Non. Un assassinat !

Levigan se doutait qu'Oscar Jouve lui cachait

quelque chose, mais quoi ? Il quitta néanmoins les lieux sans insister. Il continua sa route sur le boulevard de Cimiez où la splendide végétation semblait tout aussi désemparée sans le soleil que les mauvaises herbes du petit jardin, comme si la grandeur ne s'accordait pas davantage avec un horizon terne et désolé. Date : 17. Heure : 12. Minute : 18 et quelques poussières de secondes.

Il s'engagea dans l'avenue Flora et sonna bientôt à la porte d'Aude Sidoine. Elle ne s'attendait sans doute à aucune visite car elle était vêtue de manière très décontractée, avec un pantalon en toile claire élimé et un grand pull bordeaux qui laissait entrevoir sur ses épaules les bretelles d'un caraco dans les mêmes tons. Ses cheveux châtain étaient ramassés en une natte courte et désordonnée.

Elle accueillit le commissaire très aimablement et lui expliqua que son appartement n'était composé que d'une pièce étroite pour le salon et d'un grand placard pour la chambre. Mais elle aimait le quartier. C'était si calme, c'était presque la campagne. Elle lui prépara du thé pendant qu'il admirait des pièces de monnaie ancienne et quelques morceaux de céramique sur les étagères, éclairées par la lumière pâle traversant la fenêtre grande ouverte.

- Ce sont des copies, déclara-t-elle en posant le plateau sur un guéridon à côté d'un canapé usé. Installez-vous, je vais m'asseoir sur le pouf !

Elle lui tendit une tasse tout en lui racontant spontanément qu'elle songeait sérieusement à arrêter la plongée. Cette histoire l'avait profondément remuée et toutes ces heures passées sous l'eau en combinaison ne constituaient pour elle qu'un passage obligé pour mener à bien certaines fouilles. Quand elle avait commencé ses études d'archéologie, elle était prête à côtoyer la chaleur et la terre desséchée pendant des jours et des jours, mais la mer n'avait jamais été son élément. De plus, l'image de cet homme qu'elle avait découvert la poursuivait. Alors elle se demandait si elle n'allait pas même abandonner les recherches autour du Casino de la Jetée-Promenade, d'autant qu'un chantier en Bourgogne venait de lui être proposé. Et elle avait grandement besoin de s'éloigner.

Elle répondit ensuite aux questions de Levigan sans montrer de réserve. Elle s'entendait bien avec Oscar Jouve, mais elle ne le voyait pas en dehors du travail. Ils collaboraient depuis quelques temps déjà, ils s'appréciaient raisonnablement, mais ils ne partageaient pas d'intérêts communs hormis l'archéologie. Et encore, lui était spécialiste de l'antiquité, elle du Moyen Âge. Concernant Tanguy Ravel, elle l'avait très peu rencontré. Il était un peu tête brûlée, un peu provocateur, un peu puéril, et le commissaire saisit aisément qu'Aude considérait un tel comportement comme une atteinte à son goût pour la tranquillité et sa propension à la retenue. Elle ne connaissait ni ses fréquentations, ni ses amis. Et c'était très bien ainsi. Levigan termina sa tasse de thé et la remercia.

Sur l'avenue, le soleil brillait toujours par son absence.

Chapitre 14

Il redescendit le boulevard de Cimiez et continua ainsi jusqu'à la place Garibaldi. Là encore, les édifices se désespéraient de ne point mêler leurs teintes ocre et chaleureuses à l'azur. Levigan tourna un peu plus loin, les abandonnant à leur triste sort. Il était arrivé chez Tanguy Ravel.

L'appartement des parents occupait la moitié du dernier étage de l'immeuble. Le commissaire sonna. Personne. Il emprunta alors l'escalier de service, et accéda sous les toits. Il frappa à la porte. Le jeune homme le fit patienter et finit enfin par lui ouvrir. Que cherchait-il à dissimuler ? Levigan dut se pencher pour progresser dans la pièce car même à l'endroit le plus haut, sa tête frôlait le plafond. L'unique fenêtre de la mansarde offrait une vue sur les toits et le ciel morne.

Au fond se trouvait un lit fait à la va-vite. Sur une caisse en bois à côté étaient posés une lampe de bureau et trois livres dont Levigan essaya en vain de distinguer les titres. De celui placé sur le dessus de la pile, il n'aperçut que les couleurs rosées de la gravure qui représentait, semblait-il, la nuque d'une femme. Le haut de la couverture qui l'aurait renseigné davantage était caché par un peigne orange.

Des vêtements jonchaient le sol en plusieurs endroits, une draperie indienne ornait le comptoir devant un coin cuisine, et sur une table en contreplaqué traînaient des tasses publicitaires vides, certainement subtilisées dans les cafés, des revues de géographie au papier gondolé et un ordinateur portable ouvert sur un écran noir.

Il faisait chaud. Levigan ôta son caban et le posa sur son bras, mais il garda ses gants. Tanguy Ravel, les cheveux plaqués sur le crâne, habillé d'un polo blanc et d'un vieux jean, se révélait hautain et belliqueux. Le commissaire l'imaginait volontiers tyrannique, du style à imposer sa vision du bonheur à de pauvres gens qui ne lui auraient rien demandé. Il repensa alors à la description fournie par les lieutenants après leur première visite. Sur le moment, il avait trouvé Tinelli sévère. Maintenant, il soupçonnait Lalande d'indulgence. Mais peu importe ! Il était venu chercher des réponses, le reste…

- Que faisiez-vous avant de travailler pour Asmazur ?

- Des trucs.

- Quel genre de trucs ?

- J'ai été serveur, j'ai distribué des prospectus, des trucs comme ça.

- J'aurais besoin de la liste des entreprises qui vous ont embauché.

- C'est toujours comme ça que vous traitez ceux qui retrouvent des cadavres ?

- D'ici demain, insista le commissaire. Depuis quand habitez-vous ici ?

- Mais c'est un interrogatoire, ma parole ! C'est moi qui vous intéresse ou c'est le macchabée ?

- Nul besoin de vous sentir agressé. Vous êtes témoin. C'est la procédure habituelle. Alors, depuis quand ? poursuivit Levigan qui restait de marbre.

- Depuis toujours. Mes parents ont toujours vécu ici.

- Vos parents, c'est une chose. Mais vous ? Après l'Inde, la Bretagne ?

- D'abord ici. Puis, pendant quelques mois, j'ai

partagé un appartement près de la fac de lettres avec un étudiant qui est ensuite parti je ne sais plus où, en Suède ou au Danemark. Comme je ne gagnais pas assez d'argent pour payer la totalité du loyer, je suis revenu ici.

- Quand ?

Tanguy Ravel soupira bruyamment, marquant ainsi son agacement grandissant. Le commissaire patientait impassiblement.

- Je ne sais plus. L'été dernier. Euh non, l'été d'avant, répondit enfin le jeune homme.

- Avant donc de travailler pour Asmazur ?

- Oui, bien avant. Au temps où je m'éparpillais. Mais c'est fini les galères ! Maintenant, je suis sérieux. J'économise pour partir loin, et le plus tôt sera le mieux. Enfin, c'est pas de bol. Juste quand je me décidais à me ranger un peu, paf ! On retrouve un cadavre !

- C'est surtout pas de bol pour lui ! Pourquoi tant d'animosité envers quelqu'un que vous ne connaissez même pas ?

- Ah, mais il ne faut pas tout prendre au pied de la lettre ! Moi, je n'ai d'animosité envers personne !

- Non, parce qu'il ne faudrait pas non plus en faire une affaire personnelle. Vous êtes au courant que le monde ne tourne pas autour de vous ?

- C'est vrai. C'est pas de sa faute si les fouilles ont été suspendues. C'est plutôt lui qui est à plaindre !

Le commissaire fut surpris par ce changement de ton. Il remarqua alors une petite aquarelle en noir et blanc accrochée dans une partie du mur en renfoncement qui formait une niche.

- Il ne faut pas m'en vouloir, se défendait Tanguy Ravel. Ce boulot, c'était important pour moi. Et je suis un peu excessif, parfois.

- « Tout ce qui est excessif est insignifiant », disait Talleyrand, répliqua Levigan machinalement car il ne l'écoutait déjà presque plus.

Il s'approcha du tableau dont la taille n'excédait pas celle d'une carte postale et reconnut le Casino de la Jetée-Promenade. Le trait était léger, les nuances de gris coexistaient dans un ensemble d'une grande finesse, et l'atmosphère générale était à la fois douce et mystérieuse.

- Très jolie, cette aquarelle ! constata le commissaire.

- Ah oui, je l'ai achetée peu de temps après avoir commencé les fouilles. Un brocanteur sur le Cours Saleya. Je voulais m'imprégner du lieu.

Levigan ignorait pourquoi il était absolument certain que Tanguy Ravel lui mentait. Pourtant, cette information était bien plus plausible que toutes celles arrachées si laborieusement jusque-là. Était-ce justement parce que l'insolent s'était justifié sans être sollicité ? Non, c'était autre chose. Et le commissaire n'allait pas tarder à le découvrir.

Il avait de plus en plus chaud. Et il en avait assez de cet entretien, assez de s'escrimer à soutirer un à un trois malheureux renseignements sonnant faux. Lui qui fuyait comme la peste les combats inutiles et les mystifications, il avait la désagréable impression de perdre son temps. Un peu parce qu'une intuition lui dictait d'agir ainsi et aussi parce que le plongeur l'avait fatigué avec ses airs supérieurs, il lui demanda s'il pouvait lui emprunter le petit tableau.

Tanguy Ravel s'insurgea d'abord, puis céda :

- Si vous promettez de me le rendre…

- Vous le récupèrerez une fois l'enquête terminée.

Il quitta la mansarde et descendit les escaliers. Il

remit son caban et marcha jusqu'au port, soulagé de respirer l'air du large. La Vésubie n'était pas à quai. Il continua jusqu'à Rauba-Capèu et rentra par la Promenade des Anglais.

Tempus et Fugit dormaient. Levigan prépara du thé et posa l'aquarelle sur son bureau, au pied de la lampe Tiffany. Il feuilleta alors tous les documents sur le Casino de la Jetée-Promenade, à la recherche d'une gravure qui aurait pu servir de modèle. Il était persuadé de l'avoir déjà vue quelque part. Certes, la plupart des photos d'époque se ressemblaient. Mais l'angle de vue différait parfois, quelques palmiers autour lorsque l'édifice n'était pas au premier plan, les bâtiments, le Ruhl, les collines, la plage. Et la disposition exacte que présentait le tableau lui était familière.

Il referma le dossier et fouilla dans ses souvenirs sous le regard complice du petit chien en cristal qui se reposait paisiblement sur le dictionnaire. La sonnette de la porte d'entrée retentit soudain. C'était Varenne :

- J'ai essayé de vous téléphoner, mais ça ne répondait pas.

- Ah ! répondit laconiquement le commissaire.

- Je peux entrer ?

- Oui, je vous en prie, s'excusa Levigan, toujours plongé dans ses pensées.

Le capitaine était fébrile. Il s'agitait, parlait vite.

- Ça y est ! Chronos est sous les verrous !

- Ah ! répéta Levigan qui tentait de se concentrer.

- Il ne pouvait pas nous échapper ! Les lieutenants avaient pris des photos et fait diffuser son portrait dès hier dans les aéroports, les gares, partout. Finalement, nous l'avons cueilli tout à l'heure alors qu'il rentrait chez lui.

- Bien.

- Oui et non, parce que pour le moment, il refuse de

parler, et même de dévoiler son identité.

- Les analyses ADN ne devraient plus tarder, maintenant. L'arrestation n'a pas été trop mouvementée ?

- Lalande avait troqué ses chaussures vernies pour ses chaussures de sport. Elle l'a neutralisé en moins de deux !

- Riche recrue !

- Une équipe est en train de perquisitionner son appartement.

- Dites-leur d'embarquer la table de chevet de style Louis XVI.

- Pourquoi ?

- Elle détonne dans le paysage.

Varenne attendait un mot, une question, un ordre. Mais il constata que l'esprit de Levigan errait dans des sphères lointaines où il était vain de chercher à l'atteindre.

- Donc, je vous tiens au courant s'il y a du nouveau ? avança-t-il, hésitant.

- Voilà.

- Et je peux aussi éclaircir certains points avec Charlène Ribot, maintenant que nous tenons son amant.

- Très bien.

- Bon, bah, je vous laisse alors.

Il se dirigea vers la porte lentement. Le commissaire l'accompagna et avant que Varenne ne s'engageât dans les escaliers, il appela :

- Capitaine !

Varenne se retourna.

- Je vous remercie, Capitaine !

Chapitre 15

Levigan réfléchissait, réfléchissait. Date : 18. Heure : 9. Minute : 37 toute neuve. Par la fenêtre, il regardait le ciel enfin redevenu lumineux, de ce bleu si profond qui allait si bien à Laura et qui ne brillait pas du même éclat quand elle n'était pas là. Laura, reine de la terre, du soleil et de la mer…

Mais oui, évidemment ! Il savait maintenant où il avait vu une aquarelle semblable à celle trouvée chez Tanguy Ravel ! Il attrapa son caban, mais au moment où il allait passer la porte, Varenne débarqua dans son bureau.

- Le laboratoire de police scientifique vient d'appeler. Une fiche est tombée : Chronos s'appelle David Shetland. Et attention, Commissaire, vous êtes bien assis ?

- Euh, non, je suis debout !

- Mais c'est une façon de parler !

- Évidemment ! Poursuivez !

- Eh bien, notre Chronos, attention… Il est un des cinq fugitifs les plus recherchés sur la planète !

- Ah oui ? ponctua le commissaire.

- Vous vous rendez compte ?

- Je me rends compte, articula Levigan, déçu de devoir reposer son caban.

- Il a extorqué des millions à des collectionneurs d'art en leur vendant des faux, ou des vrais qu'il ne livrait jamais.

- Vous avez appelé le procureur ?

- Lalande s'en charge.

- Bien ! Chronos va peut-être alors enfin se décider à parler.

Ils marchèrent jusqu'au bout du couloir et descendirent les escaliers.

- Au fait, Charlène Ribot vous a révélé des vérités intéressantes ?

- Oui, la pire d'entre toutes ! L'amour n'est pas éternel.

Ils entrèrent dans une pièce faiblement éclairée par la lumière artificielle où Chronos venait d'être placé. Il était assis derrière une grande table, décoiffé, les traits tirés, le regard terne. En face de lui, Levigan resta debout, tout près de la lucarne au travers de laquelle le jour filtrait péniblement. À gauche, Varenne s'adossa au mur. Les lieutenants avaient installé leurs chaises de l'autre côté.

- Monsieur David Shetland, cinquante-deux ans, sous le coup d'un mandat d'arrêt international depuis deux ans, recherché par Interpol et par la police canadienne, vous allez nous expliquer pourquoi et depuis quand vous avez usurpé l'identité de monsieur Robin Ségur, ordonna Lalande.

David Shetland prit sa tête dans ses mains et soupira. L'aventure s'achevait. Il savait que désormais il n'échapperait pas aux longues années de prison promises par la justice de son pays. Sans compter ce que la France pouvait ajouter.

- J'ai usurpé l'identité de Robin Ségur justement parce que j'étais recherché.

- Depuis quand ?

- Depuis son départ pour Montréal, il y a treize mois.

Comme l'avaient confirmé les parents de Robin

Ségur, David Shetland avait fait la connaissance du cardiologue cinq ans auparavant, dès son installation en France. Leur premier contact avait bien eu lieu dans un hôtel des ventes qui proposait aux enchères la montre squelette en or. Chronos s'en était porté acquéreur et sous prétexte de présenter à Ségur des modèles de sa collection, il était parvenu peu à peu à se rapprocher de lui, renouvelant des invitations et autres rencontres culturelles. La facture qu'il avait présentée aux enquêteurs était celle que le cardiologue avait obtenue en achetant la montre vingt ans avant et qu'il lui avait remise avec l'objet pour attester de sa provenance.

L'ex-épouse de Robin Ségur n'appréciait guère David Shetland qu'elle considérait comme un individu malhonnête aux motivations douteuses. Cet obstacle ayant disparu au moment du divorce, Chronos espérait enfin écouler quelques modèles ordinaires contre de fortes sommes d'argent. Mais le cardiologue était un connaisseur et ne se laissait pas duper facilement. Dans les mois suivant la mort de Julien en Afghanistan, David Shetland offrait souvent une bouteille au malheureux qui, plus vulnérable que jamais, aurait dû ainsi se montrer plus à même d'acheter tout et n'importe quoi. Ce ne fut pas le cas. Le cardiologue ne s'intéressait plus à rien, plus même à l'horlogerie. Chronos jouait donc de malchance et commençait à imaginer de l'envoyer au Canada, mais c'était encore trop tôt. Robin Ségur n'envisageait pas le moins du monde d'abandonner la clinique.

Puis il avait perdu son travail. L'idée de changer d'environnement commençait à faire son chemin. Comme il hésitait encore et que les travaux dans son appartement avançaient, Chronos avait décidé d'accélérer les choses. Il avait contacté des connaissances susceptibles d'offrir une place au cardiologue à Montréal et proposé de reprendre son trois-pièces du quartier de la cathédrale russe et sa voiture pour un prix dépassant largement leur valeur. La somme totale serait versée sur un compte dans une banque canadienne.

Pour Noël, David Shetland avait offert un billet d'avion pour le Canada à Robin Ségur. Celui-ci était si désemparé qu'il n'avait opposé aucune résistance. Chronos s'était procuré tous ses papiers pour finaliser la transaction et en avait profité, avant de les lui renvoyer, pour consigner toutes les informations utiles et faire établir de faux documents, en remplaçant simplement les photos. Ensuite, il avait créé la SARL Chronos NCA pour disposer d'une raison sociale.

Robin Ségur avait laissé chez ses parents quelques cartons de souvenirs. Dans l'appartement, il ne restait que des meubles impersonnels et sans cachet, mis à part une table de chevet de style Louis XVI en acajou à laquelle il tenait beaucoup. Lorsqu'il avait appelé Chronos pour l'informer de sa bonne installation quelques semaines après son départ, il lui avait demandé de déposer le bien chez ses parents. L'horloger avait traîné, puis s'était rendu compte qu'il avait égaré le morceau de papier où il avait noté l'adresse. Quand il avait eu le cardiologue au téléphone la fois d'après, il avait oublié d'évoquer le sujet. Puis était arrivé ce soir de juin.

En rentrant chez lui, David Shetland avait aperçu un homme assis sur son paillasson. Il avait alors ralenti le pas. Le mystérieux visiteur s'était levé aussitôt. Au fur et à mesure que Chronos racontait la scène, Levigan l'imaginait comme si elle se déroulait sous ses yeux.

- Vous êtes Robin Ségur ?

- Oui, c'est moi.

Un éclair de triomphe et de haine traversa le regard de l'importun. Mais sans élever la voix, il enchaîna :

- Je voudrais vous parler d'Emma.

- Emma ?

- Oui, vous savez, la belle Emma au cœur fragile.

Chronos sortit la clef de sa poche et l'introduisit dans la serrure :

- Je ne peux rien pour vous, monsieur, je suis désolé.

- Laissez-moi entrer juste un instant. Je voudrais vous parler d'elle.

David Shetland n'eut pas le temps de répondre. L'homme avait mis un pied dans l'ouverture de la porte et s'était brusquement glissé à l'intérieur de l'appartement. Il avança le long du vestibule et s'arrêta devant le salon. Chronos parvint bientôt à sa hauteur. Il se demandait pourquoi l'individu restait immobile et décida de lui proposer quelque chose à boire pour désamorcer cette tension sous-jacente qu'il ressentait :

- Je vous sers…

L'homme se retourna furieusement et le plaqua contre le mur du couloir en maintenant le col de sa chemise. Avec son avant-bras gauche, il bloqua son cou, tandis que sa main droite s'emparait d'un couteau qu'il avait dans sa poche. Il lui colla la lame sous le menton dans un mouvement de rage.

- Maintenant, tu vas payer, ordure !

- Payer quoi ? balbutia Chronos.

- Tu te rends compte du nombre de vies que tu fous en l'air à chaque fois qu'un patient y passe à cause de toi ? Sa famille, tous les gens qui l'aimaient. Tu te rends compte un peu des ravages que tu fais ? Tu penses à eux parfois quand tu t'endors ?

- Ce n'est pas moi !

- Mais non, bien sûr, c'est le destin qui frappe ! Il a bon dos, le destin ! Ordure, je vais te crever !

- Attendez !

- Ah, tu veux du temps maintenant ? Bah tu vois, il y en a d'autres qui auraient voulu un peu plus de temps aussi avant de quitter cette Terre. Mais les toubibs, ils savent qui il faut soigner, et qui ne le mérite pas. Ils connaissent la valeur de chaque vie. Lui est trop vieux, alors à quoi ça sert de se donner du mal ? Une autre est trop grosse, alors ce n'est pas un bon investissement. Un troisième vit seul, alors qui le pleurera ? Mais peut-être que sa vie, elle vaut quand même quelque chose ? Peut-être qu'il y tenait, lui, à sa vie ! Tu es qui pour décider, fumier ?

- Non, vous…

- Et Emma, pourquoi elle ne méritait pas d'être sauvée ? C'était quoi le problème ? Juste un problème d'emploi du temps ? Tu tapais la causette avec les infirmières pendant qu'elle agonisait ? Tu avais plus urgent à faire que de t'occuper d'elle ? Emma, c'était mon soleil ! Et tu as tué le soleil pour une pause café, espèce de charognard !

La colère laissa tout à coup place au désœuvrement. David Shetland en profita pour se dégager. Il poussa son agresseur et fila dans le salon. Celui-ci reprit ses esprits et le poursuivit avec son couteau à la main.

- Mais écoutez-moi ! Je ne suis pas médecin ! criait Chronos en tournant autour du fauteuil pour se protéger.

- Ah non, plus maintenant ! Mais tu vas payer quand même !

- Je n'ai jamais été médecin. Je ne suis pas Robin Ségur. Il est au Canada.

- Tu crois vraiment que je vais gober un truc pareil ?

- Je vous en prie, écoutez-moi !

- D'accord ! Les genoux à terre ! Les mains derrière la tête ! Tu vas m'expliquer !

Chronos se laissa tomber sur le sol. Après quelques secondes, il expliqua. Le licenciement obligé, le départ pour Montréal, l'usurpation d'identité, et tous les détails.

- Et pourquoi tu te ferais passer pour lui ? questionna l'homme après la démonstration.

- Disons que j'ai quelques problèmes avec la justice de mon pays.

- Tu as une preuve de ce que tu avances ?

- Prenez mon téléphone. Dans le répertoire, l'entrée « Harvey », c'est un centre médical à Montréal. Demandez à parler au docteur Robin Ségur, vous verrez bien.

L'individu s'exécuta. Le médecin était en consultation, mais après avoir insisté, la secrétaire lui passa la communication.

- Docteur Robin Ségur ?

- Oui.

- Vous êtes de Nice ?

- Oui. Mais qui êtes-vous, monsieur ?

Il raccrocha et chercha ensuite de quoi noter le numéro. Il se dirigea vers la table de chevet de style Louis XVI, ouvrit un tiroir et fut saisi un instant.

- Je veux un stylo ! vociféra-t-il.

Chronos lui indiqua le dessus de la commode. L'homme s'empara du feutre et marqua les chiffres sur sa main, tout en surveillant sa victime.

- Et c'est quoi le programme si, un jour, le vrai

Ségur, il en a sa claque de la neige ?

- J'aviserai.

- Mouais ! En tout cas, maintenant que nous avons un petit secret tous les deux, je te conseille pas d'aller porter plainte à la police ! Je serais obligé de leur toucher deux mots de tes petites histoires. Et même si j'ai pas tous les éléments en main, j'imagine que ça te conduirait à l'ombre pour un bon moment !

Il s'interrompit une minute et lui fit signe de s'asseoir sur le fauteuil.

- Tu as du fric ?

- Quoi ?

- C'est pour le déplacement. File-moi du fric !

Cronos prit son portefeuille dans sa veste et sortit un billet de 50 euros.

- Le reste aussi !

Il lui donna la totalité de ce qu'il avait.

- Et pas un mot à Ségur ! Je ne voudrais pas rater son retour à cause de toi ! ajouta l'individu en rangeant son couteau.

- Et s'il ne revient pas ?

- Il reviendra. Toi, t'es pas né ici, tu peux pas comprendre ! Il reviendra ! C'est un détail auquel tu aurais dû penser quand tu as échafaudé ton petit plan !

Il avait embarqué les deux bibelots dans le tiroir de la table de chevet et était reparti.

Levigan regarda par la lucarne et se demanda encore combien de temps il allait devoir rester enfermé là, privé de la lumière du soleil et de l'air de la mer.

Chapitre 16

Varenne restait dubitatif. Il envisageait les différentes possibilités et tentait de séparer le bon grain de l'ivraie et par la même occasion de démêler le vrai du faux. Il observa un instant le commissaire qui fixait toujours l'horizon avec envie. Puis il considéra Chronos dont l'expression était marquée, chaque minute davantage, par la fatigue et l'anxiété.

- Vous n'avez pas essayé de le rattraper ? interrogea-t-il alors.

- J'étais bien content d'en être débarrassé. J'allais pas lui courir après !

- Il vous restait tout de même l'option de le faire taire définitivement.

- Il n'avait aucun intérêt à me balancer ! Et puis, vous êtes drôle ! Je ne suis pas un assassin, moi ! Ça doit demander un minimum d'organisation de refroidir quelqu'un. C'est pas si facile !

- Et à quoi ressemblait-il, votre visiteur ?

- Il était brun, plutôt jeune, de taille moyenne, habillé de manière standard.

- Autant chercher une aiguille dans une botte de foin ! commenta Lalande qui déplorait le manque de données concrètes.

- Dis-donc, toi, tu n'aurais pas comme qui dirait l'intention de nous mener en bateau ?

- Tinelli ! rappela à l'ordre le commissaire.

- Dites-donc, vous, vous n'auriez pas comme qui dirait l'intention de nous mener en bateau ? C'est vrai, ça. Un type plutôt jeune, taille moyenne, aucun signe distinctif…

- Pourquoi j'inventerais une telle histoire ?

- Peut-être parce que votre alibi ne tient pas la route et que deux précautions valent mieux qu'une ?

- Je vous l'ai déjà dit, le jour du meurtre, j'étais avec ma compagne.

- Ah oui, laquelle ?

- Comment ça, laquelle ?

- Celle de Nice ou celle de Toulouse ?

- Oh là, attendez, c'est ma vie, ça !

- C'est surtout ton alibi, en l'occurrence ! Ta maîtresse d'ici, continua Tinelli, je la vois mal jouer les pénélopes. Et le grand amour avec un type comme toi, elle devait pas se faire trop d'illusions ! Mais il y a quand même une question de respect. Elle a beau être plutôt libérée, pas vraiment du genre à te préparer un petit rôti aux légumes comme repas dominical, c'est pas pour ça qu'elle peut accepter que tu te payes des week-ends avec une autre en racontant des salades à ton retour ! Tu l'as prise pour une imbécile, et évidemment, mets-toi à sa place, ça l'a un peu énervée. Et c'est même pour ça qu'elle t'a planté au restaurant l'autre soir. Après, tu as eu beau lui raconter qu'elle s'imaginait n'importe quoi, que la Toulousaine qui l'avait appelée n'était qu'une vague copine qui te courait après, elle y a cru vingt-quatre heures parce que tu y as mis les formes, avec tes fleurs et ta bague. Mais maintenant, t'inquiète pas ! Elle sait à quoi s'en tenir !

- Et alors ? On n'a pas de comptes à se rendre !

- Vous vous engagez auprès de quelqu'un et vous n'avez pas de comptes à lui rendre ? s'insurgea Varenne.

- Tout se paie, enchaîna Lalande. À force de vouloir le beurre et l'argent du beurre, il arrive un jour où…

- Un jour où quoi ? s'impatienta Chronos.

- Un jour où la dulcinée découvre le pot aux roses, rétorqua Tinelli. Un jour où elle réalise à qui elle a affaire. Alors, elle avoue que l'alibi a été inventé parce que ça ne vaut pas le coup de se retrouver en cabane pour faux témoignage à cause d'un pauvre type inconséquent qui n'a de comptes à rendre à personne !

- Elle a dit ça pour se venger !

- Se venger, expliqua Lalande, ce serait vous accuser d'un meurtre que vous n'avez pas commis, ce serait affirmer qu'elle vous a vu jeter le cadavre dans la mer, par exemple. Elle n'a rien raconté de tel. Elle a juste avoué que, contrairement à ce que vous lui aviez demandé de dire, vous n'étiez pas ensemble au moment du meurtre.

- Bon, d'accord. De toute façon, au point où j'en suis ! J'ai passé l'après-midi, la soirée et la nuit à jouer. Un cercle clandestin derrière l'Acropolis.

- Admettons ! acquiesça Varenne. Et ce week-end, vous aviez des projets, paraît-il ?

- J'ai le droit de voyager.

- Voyager, oui. Fuir, c'est autre chose !

- Évidemment, je vous voyais tourner autour de moi. Je comptais partir pour l'Angleterre.

- Avec l'argent que vous avez récupéré au coffre à la banque ?

- Comment êtes-vous au courant ?

- Vous avez été suivi et votre appartement a été perquisitionné, l'informa Tinelli. Donc, reprenons ! On usurpe l'identité d'un gentil toubib. Manque de bol, il a l'indélicatesse de revenir s'installer en France. Alors, on le zigouille pour se débarrasser d'un double gênant.

- Mais je vous le répète, il n'était pas question que Ségur revienne ! Dès le mois de juin, j'avais bien compris que le fou furieux qui avait débarqué chez moi lui réglerait son cas si la situation évoluait. Je n'ai même pas eu le temps d'envisager simplement l'idée de le tuer.

- Tu as raison. C'était tout bénef ! confirma Tinelli. Un type se chargeait du sale boulot à ta place. Et même pas besoin d'aller le chercher. Il était venu tout seul !

Le lieutenant se fit plus sévère et continua :

- Tu te doutes bien qu'on va vérifier ! Pour ça et pour le cercle de jeu !

- Tinelli ! gronda Levigan.

- Vous vous doutez bien et cetera, corrigea le lieutenant.

- Mais oui, vérifiez ! Vous verrez !

- Nous verrons quoi ? s'enquit Varenne. Que vous êtes le meurtrier et que vous avez inventé cette histoire de toute pièce, ou que vous êtes le meurtrier et qu'en plus, vous avez tué le gars qui est venu vous menacer ? À moins que vous ne soyez que complice ?

- Comment ça, complice ? Eh, attendez, je ne sais pas comment il a retrouvé Ségur, je n'y suis pour rien.

- Vous étiez au courant de ses intentions. Et pourtant, vous n'avez pas mis Ségur en garde. Vous n'avez pas prévenu la police, reprocha le capitaine.

- Quel que soit votre niveau d'implication, croyez-moi, vous êtes dans de sales draps ! déclara Levigan.

Là-dessus, il annonça qu'il avait besoin de lumière. Il chuchota à Varenne d'envoyer une équipe faire le tour des pharmacies autour du port pour voir si quelqu'un n'avait pas tenté d'acheter de l'éther ou du chloroforme, avec ou sans ordonnance, le jour du meurtre ou les jours précédents. Puis il quitta la pièce, repassa dans son bureau pour prendre son caban, noua son écharpe, enfila ses gants, et sortit enfin.

Il respira profondément et se mit à réfléchir. L'individu qui avait rendu cette visite de courtoisie à Chronos avait dû d'abord aller chercher des informations à la clinique. Seul le cahier de présence pouvait l'avoir renseigné sur l'implication de Robin Ségur le soir de la mort d'Emma Boissière. Il fallait donc interroger à nouveau Ghislain Doviny. Cette perspective n'enchantait guère le commissaire, mais c'était l'occasion de profiter de la douceur de cette belle journée d'hiver. Si tout se déroulait comme il l'avait prévu, si son scénario se confirmait, l'enquête serait bouclée d'ici le lendemain. Une seule preuve suffirait. Et il pourrait peut-être assister au dernier récital de Chopin.

Levigan patientait depuis déjà une bonne demi-heure lorsque le directeur de la clinique l'invita à le suivre dans son bureau, en lui signifiant sèchement qu'il avait du travail et très peu de temps à lui accorder. Dans cette pièce froide, très blanche, un immense fauteuil en cuir sombre occultait les autres éléments du décor. La fenêtre donnait sur un carré de verdure et une haie hirsute. Le commissaire exposa les faits en quelques mots. Ghislain Doviny avoua qu'il avait en effet reçu, au tout début de l'été, un individu lui ayant fait part de curieuses récriminations. Il raconta l'entretien aussi fidèlement que possible :

- Je connaissais une de vos patientes. Emma Boissière, ça vous rappelle quelque chose ? avait questionné l'homme, à peine assis.

- Oui, peut-être.

- Peut-être ? J'aime pas trop les toubibs amnésiques ! Qui l'a opérée ?

- C'est moi. Tout s'est déroulé normalement.

- Ah, c'est normal de mourir deux jours après s'être fait charcuter ?

- Sortez immédiatement !

L'individu s'était levé presque calmement. Il avait dû se rendre compte qu'il ne pouvait rien tenter au sein de la clinique. Puis, il avait lancé :

- Ok ! Mais je te retrouverai !

- C'est le docteur Ségur qui était de garde le soir de sa mort. Je n'y suis pour rien, avait répliqué Ghislain Doviny.

- Ségur ? Ah oui, Emma m'en avait parlé une fois ou deux. Mais tu vois, j'ai du mal à te croire parce qu'elle lui faisait confiance. Et elle était pas le genre à miser sur le mauvais cheval, affirma l'homme en se rasseyant.

- Ségur avait été un grand spécialiste. Mais il avait changé. Attendez, je vais vous chercher le document. Vous vous rendrez compte par vous-même.

Levigan pensa qu'à la place du visiteur, il n'aurait pas trouvé naturel de voir le directeur de la clinique, menacé quelques minutes plus tôt, devenir tout à coup si serviable. Ghislain Doviny était revenu rapidement. Il avait posé la feuille indiquant la présence de Robin Ségur sur la table :

- Il n'exerce plus dans cette clinique, avait-il conclu.

- Depuis quand ?

- Depuis la mort d'Emma Boissière.

Levigan se renseigna auprès du directeur sur l'apparence de l'individu, mais la description obtenue ne s'avéra pas plus précise que celle donnée par Chronos. En revanche, avant de se présenter à la clinique, l'homme avait pris rendez-vous par téléphone pour une consultation. Il avait donc dû décliner son identité. Ghislain Doviny appela sa secrétaire afin qu'elle lui apportât son agenda. Elle s'exécuta sans délai. Il tourna les pages. Le mois de juin…

Le commissaire sortit son carnet de moleskine, même s'il se doutait que le nom était faux. Le directeur déclara enfin :

- Ah oui, c'est lui ! Rodolphe Boulanger.

Levigan soupira et referma son carnet sans rien noter.

- Et ce nom ne vous a pas paru bizarre ?

- Non. Pourquoi ? s'étonna Ghislain Doviny.

Levigan ne répondit rien et s'en alla. Un air de Chopin lui trottait dans la tête. Finalement, il n'était pas sûr d'avoir envie de passer une soirée à l'Opéra sans Laura. Il redescendit le boulevard toujours baigné de soleil et s'arrêta dans une petite librairie de la rue de France. Il avait l'intention de choisir quelques livres de poche pour son dimanche, mais aussi de repérer l'ouvrage aperçu au-dessus de la pile chez Tanguy Ravel, dont il n'avait pu alors distinguer le titre. Il se faufila vers le rayonnage, chercha la tranche sur la rangée correspondante, et saisit le livre. La couverture se révéla alors à ses yeux. Il reconnut les tons de vieux rose, ce portrait de femme de dos, ses cheveux relevés, sa nuque et ses épaules dénudées. Tout était clair, maintenant. Il sélectionna trois autres romans, passa en caisse, fit un crochet par la rue Dante pour acheter du pain, et rejoignit la Promenade des Anglais.

Chapitre 17

La mer s'alanguissait sous le soleil. Levigan marcha lentement le long des plages, continua après le Negresco, puis s'arrêta à la hauteur du Palais de la Méditerranée. Il s'installa face à l'horizon, goûtant ce sentiment d'urgence et déjà d'apaisement comme à chaque fois que le dénouement se profilait. Il avait l'impression pour un moment très court que les choses rentraient dans l'ordre, qu'elles retrouvaient leur place dans l'univers, que le salut devenait possible. Rassemblées, les pièces du puzzle constituaient une réalité craquelée et morcelée, mais momentanément cohérente. Une harmonie fragile. Un paradis furtivement retrouvé.

Il grignota quelques morceaux de pain tout en cherchant des éléments de preuves susceptibles de pallier des aveux incertains. Il se remémora une vieille expression : « La queue du rat lui sortirait de la bouche qu'il affirmerait ne pas l'avoir mangé ». Et il s'attendait à une dénégation de la sorte. Aussi, seul un faisceau de faits avérés pouvait, non pas amener le coupable à admettre l'évidence, Levigan ne nourrissait aucune illusion en ce sens mais, au moins, servir la seule réalité tangible parmi toutes les réalités propres à chacun, celle qui avait coûté la vie à un innocent.

Il se leva, traversa la Promenade des Anglais, emprunta la rue Massenet et tourna rue de France. Après quelques mètres de terrain piéton, il passa devant la Croix de Marbre, qui avait retrouvé ses couleurs sous la lumière du ciel, puis arriva à la mercerie des parents d'Emma Boissière qui le reçurent, comme la fois précédente, dans l'arrière-boutique. Il hésitait à leur dévoiler que Robin Ségur n'était pas de garde le soir du décès de leur fille. Cette révélation rendrait justice à un pauvre homme qui n'avait eu de cesse d'exercer son métier aussi consciencieusement et humainement que possible. Mais désigner Ghislain Doviny comme le vrai responsable de l'intolérable négligence risquait de raviver d'insupportables doutes. Leur fille alors, peut-être, aurait pu être sauvée.

Aussi Levigan garda-t-il le silence sur ce point. Ils s'assirent tous les trois sur les mêmes chaises en bois, dans le même décor, légèrement plus éclairé que lors de la première visite grâce au soleil qui filtrait à travers la lucarne. Le commissaire souhaitait en apprendre davantage sur l'entourage d'Emma.

- Elle voyait beaucoup une étudiante en droit de son âge, raconta son père, qui s'appelait Marthe et qui a déménagé à Paris depuis. Et surtout, elle avait un ami d'enfance, Léo. Ils ont partagé un appartement au début de sa deuxième année en histoire de l'art. Mais il est parti au Danemark dans le cadre d'un programme d'échange entre universités. Il avait habité avec elle de septembre à Noël. Elle hésitait ensuite à revenir à la maison.

- Et après ?

- Dès janvier, enchaîna madame Boissière, un jeune homme, qui connaissait Léo depuis peu et qu'elle rencontrait de temps à autre, avait proposé d'emménager avec elle pour l'aider à partager le loyer. Comme elle s'entendait bien avec lui, elle avait accepté. Au début, ça s'est très bien passé. Mais rapidement, il a voulu occuper plus de place qu'un simple colocataire. Il a commencé par des déclarations d'amour enflammées qui se sont transformées en une cour de plus en plus pressante, et bien qu'il fût de plaisante compagnie, elle trouvait cela pesant. Elle ne parvenait pas à le cerner. Il était tantôt d'humeur joyeuse et tantôt colérique et autoritaire.

» Il était « flou », disait-elle. Et plus elle lui résistait, plus il apparaissait lunatique et imprévisible. Parfois, il la suivait dans la rue lorsqu'elle sortait. Après s'être monté serviable et sympathique, il est devenu franchement désagréable, puis carrément odieux. Et pour évacuer sa frustration, il racontait tout et n'importe quoi dans son dos. Elle en a eu assez, a tenté de le mettre à la porte. Il a hurlé, l'a traitée de folle. Puisqu'il ne voulait pas partir, elle a décidé de quitter l'appartement. Elle lui a annoncé le lendemain, calmement, qu'elle allait mettre fin au bail. Libre à lui de s'organiser avec le propriétaire ensuite. Il était absolument furieux, presque menaçant. Il l'a violemment insultée. Le soir-même, elle avait rapporté toutes ses affaires ici.

- Ils se sont revus ?

- Oui, une fois. Ils s'étaient croisés par hasard non loin d'ici. Les semaines avaient passé. Il avait tenu les mêmes propos obscurs, des histoires de sentiments contrariés, de sort qui s'était acharné. Mais il ne s'était pas excusé. Ils ne vivaient décidément pas dans le même monde. Puis Emma est entrée à la clinique, puis…

- Le jeune homme s'appelait Tanguy Ravel, n'est-ce pas ? questionna Levigan.

- C'était en effet son nom, acquiesça gravement madame Boissière.

Le commissaire n'avait pas encore osé s'approcher des petits cadres fixés au mur. Il se leva alors pour les examiner de plus près. Parmi eux, il reconnut l'exacte copie de l'aquarelle en noir et blanc qu'il avait empruntée au plongeur. C'était étrange comme il s'était souvenu d'un dessin qu'il n'avait même pas regardé, dont il avait à peine distingué les contours. Et pourtant, cette aquarelle était restée gravée dans son esprit, imperceptiblement, mais assez précisément néanmoins pour qu'elle éveillât en lui une évidence lorsqu'il l'avait découverte chez Tanguy Ravel.

- Ce sont des tableaux de notre fille. Elle était très douée, indiqua doucement monsieur Boissière.

- C'est admirable, répondit sincèrement Levigan.

Voilà, le brocanteur du Cours Saleya n'avait jamais existé. Le plongeur s'était donc procuré l'aquarelle de manière assez peu catholique. Il l'avait gardée comme une relique, refusant d'avouer sa provenance, car c'était tout ce qui lui restait d'Emma. Ses aspirations à la séduire avaient peut-être été ravivées à l'automne, après le déménagement, quand il l'avait revue une dernière fois. Il pensait sans doute que la pente serait difficile à remonter. Cependant, il osait encore espérer. Mais la mort s'était alors mise sur son chemin, seul obstacle qu'il ne pouvait briser.

- L'assassin a tué Robin Ségur parce qu'il le tenait pour responsable du décès de votre fille.

Et comme si monsieur Boissière avait attendu un signal pour faire part de son sentiment que la retenue de Levigan avait renforcé tout au long de leurs échanges, il demanda :

- Et il n'y était pour rien, n'est-ce pas ?

- Pour rien.

- C'est le docteur Doviny qui était de garde ?

- Oui.

- Alors, c'est ainsi que le monde tourne ?

- Je le crains, confirma tristement le commissaire.

En sortant de la mercerie, Levigan se réfugia au jardin Masséna. Il s'y sentait un peu chez lui. Lorsqu'il était petit garçon, il était subjugué par la beauté de sa végétation, par l'architecture du musée de style néo-classique et d'inspiration italienne, son élégante rotonde ouverte surplombée par la terrasse, sa loggia entre ombre et lumière, et par cette vue magnifique sur la mer. Un jour, il serait riche. Et c'est là qu'il habiterait, rêvait-il alors. Il s'assit sur une chaise en retrait et sortit du sachet en papier un des livres qu'il avait achetés quelques heures plus tôt, celui avec la couverture aux tons vieux rose qui représentait la nuque d'une femme.

Gustave Flaubert. *Madame Bovary.*

Il le feuilleta et tomba sur ces mots au chapitre VIII de la deuxième partie :

« Rodolphe s'était rapproché d'Emma, et il disait d'une voix basse, en parlant vite :

- Est-ce que cette conjuration du monde ne vous révolte pas ? Est-il un seul sentiment qu'il ne condamne ? Les instincts les plus nobles, les sympathies les plus pures sont persécutés, calomniés, et, s'il se rencontre enfin deux pauvres âmes, tout est organisé pour qu'elles ne puissent se joindre. Elles essayeront cependant, elles battront des ailes, elles s'appelleront. Oh ! n'importe, tôt ou tard, dans six mois, dix ans, elles se réuniront, s'aimeront, parce que la fatalité l'exige et qu'elles sont nées l'une pour l'autre. »

Voilà pourquoi Tanguy Ravel avait choisi le nom de Rodolphe Boulanger quand il avait sollicité un rendez-vous à la clinique. Parce que madame Bovary s'appelait Emma. Et parce que rien ne devait jamais les séparer. Mais ignorait-il à ce point que cette histoire finissait mal ?

Levigan sortit du jardin du côté de la Promenade des Anglais et marcha jusqu'au port. Le soleil commençait à décliner. La Vésubie était à quai. Timothée Destrier s'apprêtait à rentrer à la caserne. Souriant, comme à son habitude, il annonça au commissaire qu'il avait quelques petites choses intéressantes à lui communiquer. Ils s'installèrent à une terrasse et commandèrent deux whiskys.

- Nous avons examiné le bateau des plongeurs, expliqua le lieutenant de gendarmerie maritime. Le coffre où sont rangées les clefs a été fracturé. Proprement, cela dit ! Il faut tenter de l'ouvrir pour sentir une certaine résistance. En jetant un coup d'œil rapide, la serrure semble intacte. Mais de près... Le problème, c'est que nous n'avons pas ordonné d'inspection juste après la découverte du corps, alors c'est passé inaperçu. Et maintenant, il est impossible d'établir avec certitude la date du délit.

- En tout cas, Oscar Jouve s'est bien gardé de le signaler. À coup sûr, il couvre Tanguy Ravel.

- Parce qu'il le croit innocent et qu'il ne veut pas que son ami soit accusé à tort ou parce qu'il le croit coupable et qu'il risque d'être enquiquiné aussi ?

- Va savoir ce qui se passe dans la tête des gens ! soupira Levigan.

- C'est vrai qu'après, pour obtenir des subventions, ça va être coton ! Et le plongeur, tu l'arrêtes quand ?

- Demain. Cela me laisse encore la nuit pour réfléchir. Je n'ai pas de preuves et il n'avouera jamais. Si je le coince avant, le temps jouera contre moi.

- Je peux faire une recherche d'empreintes si tu veux, mais évidemment, celles de Tanguy Ravel y figureront puisqu'il fait partie de l'équipe. Je doute que cela t'aide beaucoup. En revanche, j'ai visionné les films de nos caméras de surveillance. Elles ont en effet enregistré une sortie du bateau de plongée le 18 janvier à 18 heures 03. Il est rentré une demi-heure plus tard. Malheureusement, il faisait nuit et nous n'avons pas distingué les traits des occupants. Et aucun témoin n'a été en mesure de nous apporter plus de précisions.

- Bien, nous avançons !

- Bien plus encore que tu ne le crois !

Timothée sortit alors de sa poche un sachet en plastique transparent. Il se réjouissait à l'idée de soumettre au commissaire une pièce qui s'avèrerait peut-être déterminante pour la suite de l'enquête. Levigan l'examina. L'objet ressemblait à un diamant de la taille d'un grain de poivre.

- Je l'ai fait analyser. C'est du cristal, annonça le lieutenant.

- Le morceau d'oreille du petit chien ? s'émerveilla Levigan.

- J'espère ! Tu vas devoir comparer pour t'en assurer. Nous l'avons trouvé derrière le tableau de bord.

Levigan souriait comme un enfant sur le point de poser la dernière pièce d'un puzzle. Il raccompagna Timothée jusqu'à la caserne et rentra chez lui. Il retira ses gants et téléphona à Varenne afin de lui transmettre les directives pour le lendemain. Puis il ouvrit la porte de la cage de Tempus et Fugit et s'enferma quelques minutes dans son bureau. Il plaça le morceau de cristal contre la partie abîmée de l'oreille du petit chien. Les deux pièces s'emboîtaient parfaitement. Il n'y avait pas d'erreur possible. Il ne lui restait qu'à faire certifier le tout en laboratoire pour obtenir une attestation officielle. Il regarda la montre Breguet aux aiguilles immobiles, puis l'aquarelle du Casino de la

Jetée-Promenade au milieu d'une mer dont il devinait presque le bruit des vagues. Ensuite, il sélectionna un disque dans sa médiathèque.

Il enleva son caban et prépara une assiette de hors-d'œuvre pour le dîner. Enfin, il s'installa sur le canapé du salon avec ses deux petites rates, tandis que la ballade n°1 en sol mineur, opus 23, de Frédéric Chopin se mêlait à la lumière dorée.

Chapitre 18

Lorsque Levigan arriva à la boutique le lendemain matin, une atmosphère étrange régnait sur les lieux. Un calme apparent dû aux effectifs réduits du samedi laissait transparaître une fébrilité frémissante et contenue, comme si le jour cohabitait avec la nuit et le mouvement avec l'attente. Dehors, le soleil éclatant ne se préoccupait guère de ces considérations humaines insignifiantes et désordonnées.

Lalande et Tinelli interrogeaient respectivement Aude Sidoine et Oscar Jouve dans deux pièces séparées, de l'autre côté du couloir. Varenne était sur le pont depuis l'aube avec une équipe de la brigade pour arrêter Tanguy Ravel. Le commissaire se rendit alors dans la cellule de Chronos. Il souhaitait obtenir confirmation que les « deux bibelots embarqués » par son visiteur agressif consistaient bien en une aquarelle de format carte postale et un petit chien en cristal. David Shetland entrevoyait désormais la suite des évènements avec une certaine appréhension et cela le rendait irascible. Il répondit par une sorte de grognement affirmatif.

- Et ces objets appartenaient à Robin Ségur ? insista Levigan.

- Je suppose. En tout cas, ils se trouvaient bien dans un des tiroirs de sa table de chevet.

- Le meuble a-t-il de la valeur ?

- Ça dépend. Pour un type qui reçoit votre salaire, oui. Mais pour quelqu'un comme moi qui roule sur l'or, pas vraiment. Tout est relatif !

- Vous avez raison, répliqua le commissaire. C'est comme le temps. Pour un type qui va purger une peine de vingt ans de prison, il passe lentement. Mais pour quelqu'un comme moi qui respire l'air de la mer et se réchauffe à la lumière du soleil, il passe vite. Tout est relatif !

Ils échangèrent encore quelques politesses, puis Levigan regagna son bureau. Date : 19. Heure : 9. Minute : 33 finissante. Bientôt commenceraient les funérailles de Robin Ségur. Cet empressement grandissant dans les locaux parut tout à coup bien dérisoire au commissaire. Cette énergie vitale, ces élans quotidiens vers un idéal incertain ne rimaient plus à rien. Ils sombraient dans la plus plate des banalités, devenaient absurdes et vains. Un ensemble d'impulsions électriques, des fourmis qui s'agitent, des espoirs trop grands. Cet acharnement à chercher un sens nous élevait peut-être, mais rendait le voyage plus amer sûrement. Dans le fond, notre destin, très surestimé et constituant cependant la seule réalité tangible à laquelle nous accrocher, ne différait guère, malgré les ruses que nous nous évertuions à déployer pour nous convaincre du contraire, de celui d'un insecte se débattant dans les fils d'une toile d'araignée.

Et au bout de la route, une boîte en bois, un enterrement avec un soleil qui s'en fout, qui brille quand même, parce que cela ne compte pas, parce que nous ne sommes que poussière. Et la poussière se mélange à la terre, et tout est bien qui finit bien. Et nous disparaissons complètement lorsque le souvenir de nous s'efface dans l'esprit de ceux qui demeurent ou quand ceux-là meurent à leur tour. Et tout s'évapore à jamais. Comme le reste, comme l'amour, comme le sourire de Laura. Tout est achevé, balayé, oublié.

Lalande et Tinelli, ayant terminé leurs entretiens en même temps, entrèrent dans le bureau et présentèrent leurs conclusions à Levigan. Aude Sidoine n'était pas au courant de l'histoire du coffre. Personne n'avait évoqué l'incident devant elle. De son côté, Oscar Jouve avait d'abord été frappé d'amnésie puis avait finalement avoué qu'en effet, il avait bien remarqué l'effraction. Mais il n'avait pas porté plainte car les clefs n'avaient pas été volées, ni le bateau endommagé. Depuis, il gardait le trousseau chez lui. Il avait ajouté qu'il ne soupçonnait personne en particulier, que c'étaient des choses qui arrivaient. Tinelli avait usé d'une habile persuasion, se traduisant par une menace de faire tomber le plongeur pour complicité, pour obtenir la date approximative du forfait. Elle se situait entre deux sorties en mer, entre celle où le coffre était encore intact et celle où Oscar Jouve avait découvert la serrure cassée. Sept jours s'étaient écoulés entre les deux. Il s'agissait précisément de la semaine autour du 18 janvier, date de l'assassinat de Robin Ségur.

- Le bateau est donc resté à quai ce jour-là ?

- Selon Oscar Jouve, oui, affirma le lieutenant.

- Donc, la petite escapade nocturne était tout à fait officieuse. Tanguy Ravel n'a pas dû s'en vanter !

- La voiture de location de Robin Ségur a été retrouvée, intervint Lalande. Elle était garée rue d'Alicante, derrière le port. Dans le coffre se trouvaient sa valise et une sacoche avec ses papiers, son billet d'avion, son passeport, et un peu d'argent. Voilà pourquoi il n'avait rien sur lui. Des empreintes ont été relevées du côté du siège passager. Et elles n'appartiennent pas à Chronos.

Le téléphone sonna. Varenne avait enregistré la mise en garde à vue de Tanguy Ravel et venait de le placer en salle d'interrogatoire. Le commissaire et les lieutenants descendirent alors les étages pour rejoindre le capitaine qui raconta que le bougre les avait gratifiés de leçons de morale durant tout le trajet : « Mais comment ? On m'accuse, moi, un honnête citoyen ? Cela vous amuse de jouer aux cow-boys et aux indiens pendant que les populations déshéritées crèvent de faim ? »

- Bref, j'ai une bonne nouvelle, annonça Varenne. Le 16 janvier au matin, soit l'avant-veille du meurtre, un homme a inventé une histoire d'animal agonisant pour obtenir du chloroforme dans une pharmacie à côté de la place Garibaldi. Et ça a marché. L'assistant s'est laissé abuser et a accepté d'en vendre à l'inconnu. L'évènement l'a marqué parce qu'il s'est fait passer un fichu savon par le patron, le soir, au moment de compter la caisse. Il a décrit un individu au physique semblable à celui de Tanguy Ravel. Ce matin, j'ai envoyé un brigadier avec une photo, et le pharmacien l'a formellement reconnu. Il viendra signer sa déposition dans la journée.

Levigan observa le plongeur à travers la vitre. Il voyait le roi tout nu, hypocritement drapé d'un air offensé qu'il ne parvenait pas à maintenir plus de quelques secondes de suite. À cette posture succédaient un regard vide et une expression embarrassée. Varenne entra dans la salle, lui retira les menottes et lui ordonna de se lever. D'autres policiers en civil, d'un âge similaire, s'alignèrent à ses côtés. À chacun fut distribué un carton avec un numéro.

Les lieutenants allèrent chercher Chronos pour identifier l'individu qui lui avait rendu visite en juin et l'avait menacé. Sans la moindre hésitation, David Shetland désigna Tanguy Ravel. Il fut ensuite ramené dans sa cellule. Varenne, Lalande et Tinelli poussèrent la porte et s'installèrent autour de l'accusé, tandis que les hommes de la brigade s'en allaient. Levigan gagna sa place près de la lucarne. À l'heure qu'il était, la messe s'achevait et le cercueil de Robin Ségur devait être sur le point de rejoindre le chemin du cimetière.

Le commissaire tenta de retracer la chronologie des évènements. Tanguy Ravel avait rencontré Emma Boissière et Léo alors qu'il travaillait dans un snack non loin de la faculté de lettres où la jeune femme étudiait l'histoire de l'art. Il était tombé amoureux d'elle et s'était empressé de proposer de reprendre la chambre laissée bientôt vacante par son ami d'enfance et colocataire lorsque celui-ci était parti pour le Danemark. Mais les choses ne s'étaient pas déroulées comme il l'imaginait. Elle l'avait repoussé, gentiment d'abord, puis plus fermement, avant d'abandonner définitivement une cohabitation devenue infernale. Ils s'étaient croisés une dernière fois. Et quelques semaines plus tard, elle était morte, suite à une opération au service de cardiologie de la clinique où travaillait Robin Ségur.

Tanguy Ravel avait repris le cours de son existence, accumulant les petits boulots et les amitiés superficielles. Mais l'image d'Emma continuait de l'obséder. Il savait l'attachement de la jeune femme pour le Casino de la Jetée-Promenade. Aussi, quand il avait appris par des connaissances du monde de la plongée que des fouilles allaient y être menées, il avait contacté Oscar Jouve pour participer au chantier. En évoluant autour du vaisseau fantôme, il partagerait encore quelque chose avec elle. Mais lorsqu'il a découvert ces vestiges au fond des eaux, l'apaisement momentané a laissé place à la rage. Et il a commencé à ruminer sa vengeance.

Il s'était donc présenté à la clinique pour une consultation sous le nom de Rodolphe Boulanger. Il avait ainsi découvert l'identité de celui qui, officiellement, était responsable du sort d'Emma Boissière le soir où elle avait succombé. Il avait dû tant espérer la séduire enfin, malgré ses égarements, malgré ses emportements, et voilà qu'un médecin incompétent avait anéanti tous ses projets. Cela n'allait pas se passer comme ça. Rien ne pouvait lui résister. Il lui fallait tout ce qu'il avait décidé d'obtenir, quelle que soit la méthode employée. L'obligeance et l'écoute attentive ou les crises d'autorité et le mépris affiché, peu importe le moyen pourvu qu'il accédât à tous ses désirs.

Et voilà que la mort lui barrait la route, qu'elle le raillait ouvertement. Tanguy Ravel a senti sa petitesse et ne l'a pas supporté. Il lui était inconcevable d'échouer. Tout ce mal pour en arriver là, ces fleurs, ces serments d'amour, ces longues attentes. Tout ! Il avait tout fait ! Il avait tout accepté ! Alors, non, ce n'était pas sa faute à lui si Emma ne l'avait jamais aimé, c'était la faute du médecin qui l'avait laissée mourir sans lui laisser le temps de se rendre à l'évidence qu'elle lui était destinée. Même Flaubert l'avait écrit. Leurs âmes devaient un jour se rencontrer : « Oh ! n'importe, tôt ou tard, dans six mois, dix ans, elles se réuniront, s'aimeront, parce que la fatalité l'exige et qu'elles sont nées l'une pour l'autre. »

Le plongeur s'était donc ensuite rendu chez Robin Ségur. Il ignorait à quoi il ressemblait. Lorsqu'il s'était aperçu de sa méprise, il avait compris qu'il devrait attendre. Peut-être longtemps. Mais cela lui était égal.

Car cette attente remplissait sa vie. Il avait alors emporté le tableau du Casino de la Jetée-Promenade et le petit chien en cristal rangés dans le tiroir de la table de chevet appartenant au cardiologue.

Tanguy Ravel niait toujours. Varenne plaça l'aquarelle sous ses yeux, au moment où Lalande quittait la pièce.

- Alors, c'est un brocanteur qui vous l'a vendue ?

- Puisque je vous dis que oui.

- Vous savez très bien que c'est un tableau d'Emma Boissière. Et nous savons très bien que vous la poursuiviez de vos assiduités.

- Et alors ? Qu'est-ce que ça change ?

- Ça change que cela fait un sacré mobile pour tuer Robin Ségur !

- Je vois pas le rapport !

- Le rapport, c'est que vous avez cru qu'il était responsable de sa mort.

- C'est faux ! articula le plongeur en s'efforçant de dissimuler sa colère.

- Un peu faible comme défense !

- Et l'aquarelle alors, vous vous l'êtes procurée comment ? insista Varenne.

- C'est Emma qui me l'a offerte.

- Ah donc, vous la connaissiez ?

- Et alors, des filles, j'en connais beaucoup ! Je n'ai qu'à claquer des doigts.

- Petit présomptueux ! ricana Tinelli. En tout cas, ce n'est pas très efficace parce qu'elles n'ont pas l'air de se bousculer au portillon !

Puis, Robin Ségur avait regagné la France. Il n'avait pu joindre ses parents pour leur annoncer la date de son arrivée car, comme l'avait confirmé aux lieutenants l'entreprise de téléphonie, leur ligne était coupée pour cause de maintenance toute la semaine précédent son retour et n'avait été rétablie que quelques jours après. Comment Tanguy Ravel avait-il appris qu'il quittait le Canada ? L'appelait-il régulièrement ? Pour qui s'était-il fait passer ? Lui avait-il donné rendez-vous ? Ou avait-il traîné plusieurs jours à l'aéroport, sachant seulement par l'intermédiaire du secrétariat du cabinet médical de Montréal que Robin Ségur n'en faisait plus partie et qu'il ne tarderait plus à débarquer ?

Une fois à Nice, le cardiologue avait loué une voiture à l'aéroport et…

Lalande entra dans la salle d'interrogatoire. Elle remit un document à Levigan et déclara au plongeur :

- Vous pouvez bien inventer tout ce qui vous chante. Vos empreintes digitales viennent d'être comparées avec celles retrouvées sur les poignées extérieure et intérieure et sur la ceinture de sécurité du siège passager. Et elles sont parfaitement identiques.

Et voilà, une fois de plus, l'axiome se vérifiait. Il n'existait pas de crime parfait.

Chapitre 19

Levigan toisa Tanguy Ravel. Celui-ci parvenait encore tant bien que mal à se contenir, mais c'était désormais au prix d'insignes efforts. Son visage s'était empourpré et des gouttes de sueur perlaient sur ses tempes. À intervalles réguliers, il s'essuyait le front d'un geste machinal et replaçait ensuite sa main sous la table. Le commissaire voyait au mouvement des muscles sous la peau à la jonction du poignet qu'il se frottait nerveusement l'index de la main gauche avec son pouce droit, exactement de la même manière que la première fois, sur la plage du Ruhl.

Robin Ségur gare donc sa voiture rue d'Alicante. Il se méfie car il laisse ses affaires, papiers y compris, dans le coffre. Il fait déjà nuit. Tanguy Ravel a attiré le cardiologue au port sous prétexte de lui remettre le petit chien en cristal. Que lui a-t-il raconté pour justifier qu'il se trouvait en sa possession ? Mystère ! Ils marchent jusqu'au quai, montent sur le bateau. Peut-être le cardiologue réclame-t-il aussi l'aquarelle d'Emma ? Toujours est-il que Tanguy Ravel n'accède évidemment pas à sa demande. Il lui désigne la figurine sur le tableau de bord. Robin Ségur s'en approche et se saisit de l'objet qu'il place dans la poche intérieure de sa veste, où il restera. Le plongeur a pris soin d'effacer ses empreintes et le cardiologue porte des gants. Voilà pourquoi la surface de cristal ne comportait aucune trace.

Tanguy Ravel se précipite alors derrière sa victime, place sur son visage un mouchoir qu'il a imbibé de chloroforme. Robin Ségur perd connaissance. Le plongeur fait démarrer le bateau grâce aux clefs trouvées dans le coffre qu'il a fracturé et se dirige vers le lieu des fouilles, où subsistent quelques vestiges de cet édifice qu'Emma a peint tant de fois. Pourquoi laisse-t-il le petit chien dans la poche du cardiologue ? C'est un détail négligeable qui, pense-t-il, ne présente pas le risque de mener les enquêteurs à une quelconque identification. Il faut parer au plus urgent. Il ne porte même pas attention à la Breguet. C'est l'hiver. Robin Ségur porte une chemise, un gilet, et une veste épaisse, et la montre est invisible sous la superposition des manches.

Le plongeur jette sa victime dans la mer qui tombe à pic et se noie. Selon lui, le corps dérivera et ne remontera à la surface qu'après plusieurs semaines car l'eau est fraîche en cette saison. Le jour où le cadavre sera découvert, s'il est découvert un jour, il sera loin et méconnaissable.

Mais voilà, le corps était méconnaissable mais il n'avait pas dérivé. Il était resté coincé dans un morceau de filet de pêche.

- Tu as commis deux erreurs fatales !

- Tinelli ! intervint Levigan.

- Vous avez commis deux erreurs fatales ! Mais tu ou vous, ça revient au même, c'est un problème de jugeote ! Quand on jette son prochain dans la mer, on s'arrange pour s'en débarrasser loin du rivage et surtout pas sur un chantier de fouilles. Et on le leste ! Enfin, on s'applique un peu, quoi ! Surtout quand on fomente le plan depuis des mois ! On a le temps de s'organiser !

- Comment avez-vous identifié le corps ? questionna Tanguy Ravel d'un air hautain.

- Grâce au numéro de série de sa montre Breguet, répliqua Levigan.

- Il fallait que le meurtrier soit bien inattentif ! Et qui vous dit que ce n'est pas Oscar Jouve qui a fracturé le coffre pour me faire porter le chapeau ?

- Rien, en effet. Mais le jour et le soir du meurtre, il était en randonnée avec un groupe, expliqua Varenne. Et il n'était pas en possession d'un petit chien en cristal retrouvé dans la poche intérieure de la veste de la victime !

- Je ne connais pas cet objet non plus, rétorqua le plongeur.

- Pourtant, David Shetland nous a affirmé que vous le lui aviez dérobé lorsque vous êtes allé le menacer de le tuer un soir de juin.

- Je n'ai jamais menacé personne. De toute façon, c'est sa parole contre la mienne !

- Certes ! Mais nous avons aussi les images, avança Varenne.

- Quelles images ?

- Des photos de tes petites sauteries du samedi soir qui se retrouvent sur certains réseaux sociaux, annonça Tinelli. C'est sympa de rendre service aux flics ! Big Brother peut aller se rhabiller ! Il n'y a même plus besoin de solliciter leur coopération, les gens mettent toute leur vie privée à disposition sur internet !

Lalande sortit d'une enveloppe plusieurs documents où figuraient en effet Tanguy Ravel avec deux autres garçons de son âge au milieu de sacs de chips vides et de verres bien remplis.

Le plongeur regarda rapidement les photos puis les jeta sur la table.

- Et alors ? riposta-t-il avec insolence. Vous menez une petite vie sinistre alors ça vous frustre de voir les gens faire la fête ?

- La question n'est pas là, clarifia Varenne. C'est surtout le décor qui nous intéresse. Les fichiers sont d'excellente qualité, enfin si l'on met de côté l'aspect artistique, et nous avons donc pu, grâce à un logiciel de traitement d'images, agrandir certaines parties des photos. Vous me suivez ?

- Du tout.

- Il le fait exprès ? soupira Tinelli.

- Bien, je vais donc procéder à une explication de texte. À côté de votre lampe de bureau sur la caisse en bois, on aperçoit très distinctement le chien en cristal que vous avez volé chez David Shetland et que l'on a retrouvé sur la victime.

Tanguy Ravel blêmit soudain.

- Et alors, des trucs de ce genre, ça s'achète partout. J'ai le droit d'aimer les chiens, s'emporta-t-il.

- Le problème, poursuivit Varenne, c'est que la délicatesse n'est pas votre fort. Vous avez abîmé l'oreille de l'animal. C'est compréhensible. La nervosité, l'affolement. Mais rassurez-vous, l'objet va pouvoir être réparé. Nous avons récupéré l'élément manquant sur le bateau de plongée.

Levigan posa sur la table le sachet en plastique transparent qui contenait le petit morceau de cristal :

- Le voici. Un peu de colle, et il n'y paraîtra plus !

Tanguy Ravel prit sa tête dans ses mains et répéta en se lamentant :

- Mais ce n'est pas moi. Ce n'est pas moi.

Le commissaire fit signe aux lieutenants de l'amener en cellule. Le plongeur tituba jusqu'à la porte, soutenu par Tinelli.

- Au fait ! interpella Levigan.

Tanguy Ravel se retourna, le regard à la fois laminé et effrayant.

- Robin Ségur n'est pas responsable de la mort d'Emma Boissière. Il n'était pas de garde ce soir-là. La feuille de présence a été falsifiée.

Le plongeur se jeta contre le mur et le frappa de toute sa force avec ses poings. Il se laissa ensuite glisser jusqu'au sol.

Lalande l'aida à se relever, et Varenne ajouta :

- Vous auriez pu exterminer la planète entière, cela n'aurait rien changé. Emma ne vous a et ne vous aurait jamais aimé.

En fin d'après-midi, alors que le corps de Robin Ségur reposait en terre depuis plusieurs heures, Levigan termina de rédiger le rapport à l'adresse du procureur. Les lieutenants, de leur côté, s'étaient rendus au cercle de jeu clandestin derrière l'Acropolis, dont Chronos leur avait indiqué l'adresse. L'usurpateur d'identité s'y trouvait bien le 18 janvier, jour du meurtre. Tous les témoignages concordaient. David Shetland allait maintenant être livré à la police canadienne.

Le commissaire rangeait quelques affaires dans ses tiroirs et s'apprêtait à partir lorsque Varenne se présenta à la porte du bureau. Il lui ouvrit tandis qu'il enfilait son caban.

- Il y a quelque chose que je ne comprends pas, confia le capitaine. Tanguy Ravel est coupable. Nous disposons de toutes les preuves. Alors pourquoi continue-t-il à nier ?

- Je l'ignore, Varenne, je l'ignore. Peut-être a-t-il ainsi l'impression de maîtriser une réalité qui lui échappe ?

Levigan avança dans le couloir, accompagné par le capitaine :

- Vous déférez Tanguy Ravel. Moi, je vais m'occuper de mes rates ! Un peu de douceur dans ce monde de brutes !

Chapitre 20

La nuit était tombée. Levigan noua son écharpe et marcha jusqu'à la mercerie. Sous l'obscurité du ciel, l'étroite boutique éclairée par la lumière dorée apparaissait comme un abri à l'écart du monde. Le commissaire sortit de sa poche le petit cadre :

- Voici le tableau que votre fille avait offert à Robin Ségur. Je me suis dit que vous seriez heureux de le récupérer.

Madame Boissière le prit dans ses mains et, tout en l'observant, elle raconta :

- Depuis toute petite, Emma était fascinée par cet édifice aux allures de château hanté en équilibre sur la mer. Elle possédait toute une collection de cartes postales le représentant. Ce n'était pas tant l'architecture qui lui plaisait mais plutôt cette atmosphère qui s'en dégageait. Une image d'un Nice à jamais disparu, qu'elle n'avait pas connu mais pour lequel elle éprouvait tout de même une sorte de nostalgie.

- Je comprends, répondit Levigan. Je ressens un peu la même chose.

- Vous savez, poursuivit monsieur Boissière, des tableaux du Casino de la Jetée-Promenade, nous en avons des dizaines. Emma le peignait tout le temps. Nous avons même une copie exacte de celui-ci que vous avez vue dans l'arrière-boutique. Alors, si cela vous fait plaisir, gardez cette aquarelle. Gardez-la en souvenir d'elle.

Profondément touché, le commissaire les remercia et reprit son chemin jusque chez lui. En arrivant, il ferma le store, alluma la lampe Tiffany, accrocha le petit tableau sur un pilastre dans le bureau, regarda l'ensemble et sourit.

Puis il choisit un livre dans la bibliothèque et s'installa dans le salon avec Tempus et Fugit. Date : toujours 19. Heure : 19. Minute : 19 aussi.

Et toujours pas de nouvelles de Laura.

Nice, 6 mars 2010

collection polars niçois

le polar selon la Maison d'édition Baie des Anges

ISSN N°2110-0470

www.baiedesanges-editions.com

Morte-saison sur la Jetée-Promenade
Carine Marret

L'Agonie du jour
Carine Marret

Samba niçoise
Jean Emelina

L'orgueil du diable
Brigitte Rico

Alerte à Coco Beach
Jean Emelina

Cyanure à Valrose
Jean Emelina

Mort-flash à Nice Ouest
Luminet Sackur

Ouragans sur la Côte,
Jean Emelina

Le Carnaval des loups
Brigitte Rico

Titres disponibles par ordre chronologique

Assises à Nice
Michel Tourscher

Les démons de la Baie des Anges
Luminet & Sackur

Mystère à Isola 2000
Jean Emelina

Casse-tête au carré
Michel Seyrat

Nuits blanches au cap d'Antibes
Luminet & Sackur

Béton fatal
Jacques Alessandra

Chiene d'enquête en pays niçois !
Jean Emelina

Les diamants du palace
Michel Seyrat

Azur à gogo(s)
Pierrette Mathiot

collection noir méditerranée

le polar selon la Maison d'édition Baie Des Anges

www.baiedesanges-editions.com

Morte-saison sur la Jetée-Promenade

Une enquête du commissaire Jean Levigan

(Tempus Fugit, opus 1)

3ème édition

Carine Marret

Collection Noir Méditerranée - V1

Remerciements

- Arnaud Gellé, lieutenant de gendarmerie maritime, qui a très gentiment accepté de partager son expérience et ses connaissances techniques,
- Ma famille, toujours,
- Redingote, ma toute belle, mon bonheur, si douce et si fragile.

L'éditeur remercie Magali Moscardo pour sa photo de couverture

Du même auteur

Romain Gary - Promenade à Nice, *Éditions Baie des Anges*, 2010

L'agonie du jour, *Éditions Baie des Anges*, 2012

http://carinemarret.webs.com

BDA N°043

Maison d'édition Baie des Anges

8 Chemin de la Lauvette - 06300 Nice

Imprimé en UE en novembre 2018

Dépôt légal à parution

ISBN N°978-2-917790-28-1

ISSN N°2110-0470

Prix 8,50 €